Arthur Conan Doyle

SHERLOCK HOLMES

UM ESTUDO EM VERMELHO

1ª Impressão em 2021

Presidente: Paulo Roberto Houch
MTB 0083982/SP

Editora: Priscilla Sipans
Projeto gráfico: Rubens Martim
Capa: Rubens Martim
Tradução e preparação de texto: Fabio Kataoka
Revisão: Suely Furukawa
Diagramação: Rogério Pires

Vendas: Tel.: (11) 3393-7723 (vendas@editoraonline.com.br)

Impresso no Brasil.
Foi feito o depósito legal.

Dados Internacionais de Catalogação na Publicação (CIP)
(eDOC BRASIL, Belo Horizonte/MG)

Doyle, Arthur Conan, 1859-1930
D754s Sherlock Holmes: um estudo em vermelho / Arthur Conan Doyle. – Barueri, SP: Camelot, 2021.
116 p. : 15,5 x 23 cm

Título original: A Study in Scarlet
ISBN 978-65-87817-16-3

1. Ficção escocesa. 2. Literatura escocesa. I. Título.
CDD E823

Elaborado por Maurício Amormino Júnior – CRB6/2422

Direitos reservados à
IBC – Instituto Brasileiro de Cultura LTDA
CNPJ 04.207.648/0001-94
Avenida Juruá, 762 – Alphaville Industrial
CEP. 06455-907 – Barueri/SP
www.editoraonline.com.br

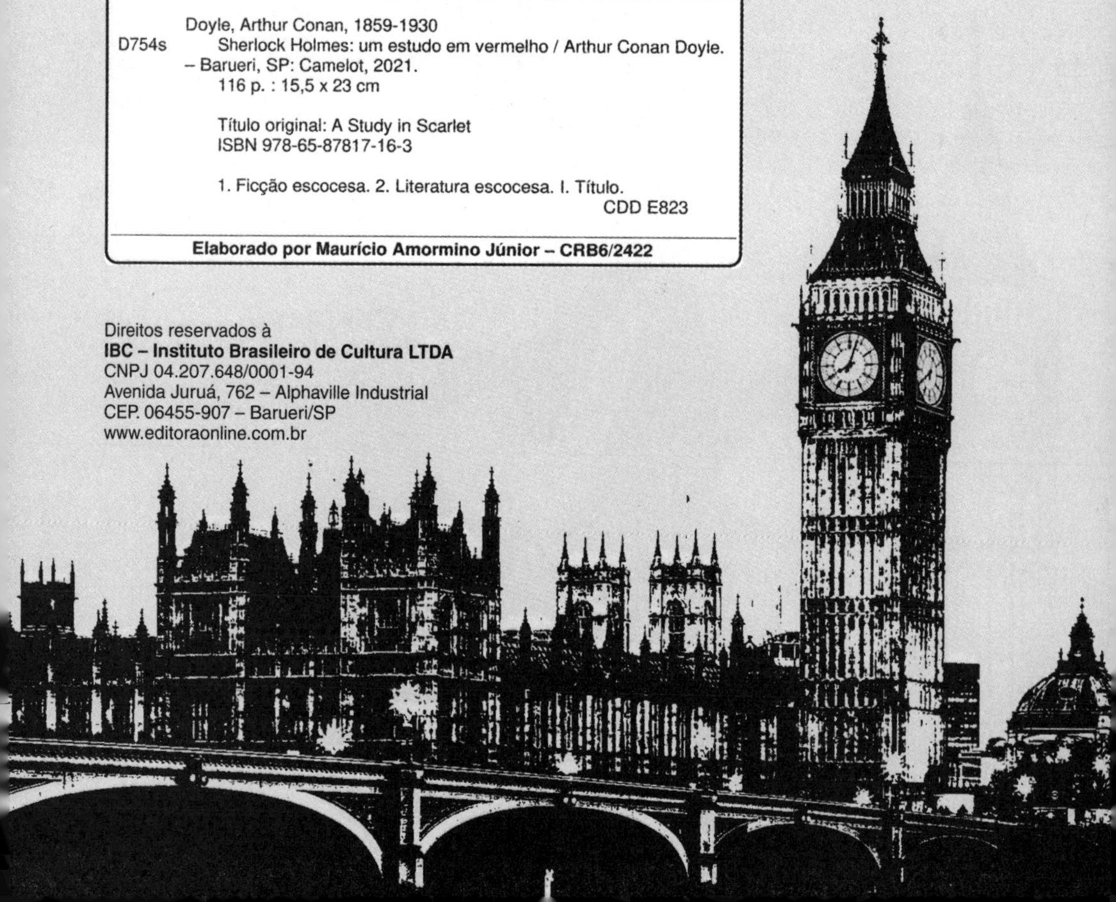

Sumário

SIDNEY PAGET
1904

Introdução

Sherlock Holmes é a criação literária mais adaptada para cinema, televisão e histórias em quadrinhos. É também a mais pesquisada e investigada pelos estudiosos. Muito rico em detalhes e com estrutura tão bem elaborada que é difícil crer que não tenha sido uma pessoa real. Ele tem até uma biografia: nasceu em 6 de Janeiro de 1854, filho de um agricultor e de uma mãe de origem francesa, e sua avó era irmã do pintor Horace Vernet. Contava com um irmão chamado Mycroft, mais esperto que ele, embora não tão famoso.

Um Estudo em Vermelho, de 1887, é o livro que deu origem ao maior detetive de todos os tempos. O narrador é nada menos que Dr. Watson, que se torna seu inseparável parceiro.

Sherlock Holmes protagonizou quatro romances e 56 contos. Um dos locais mais famosos de Londres, 221B Baker Street, endereço fictício de Sherlock Holmes, abriga um museu com o nome do personagem.

PARTE I

Das memórias do Dr. John H. Watson,
membro do departamento médico
do exército britânico

1

O Sr. Sherlock Holmes

No ano de 1878 graduei-me em Medicina pela Universidade de Londres e segui para Netley para fazer o curso de especialização para cirurgiões do exército. Quando completei meus estudos, fui nomeado cirurgião assistente da 5ª Divisão de Fuzileiros de Northumberland. O regimento encontrava-se então na Índia, e antes que eu pudesse me juntar a ele, estourou a segunda guerra afegã. Ao desembarcar em Bombaim, soube que a minha companhia avançara através dos desfiladeiros e já estava embrenhada em pleno território inimigo. No entanto, eu segui com outros oficiais que se encontravam na mesma situação, e conseguimos chegar a salvo em Kandahar, onde encontrei o meu batalhão e, imediatamente, comecei a desempenhar as minhas novas funções.

A campanha trouxe honrarias e promoções para muitos, mas para mim foi só desgraça e tristeza. Fui transferido para os Berkshires, onde servi na funesta batalha de Maiwand. Aí fui atingido no ombro por uma bala, que despedaçou o osso e roçou na artéria subclávia. Teria caído nas mãos dos Ghazis sanguinários se não tivesse sido a dedicação e a coragem evidenciadas por Murray, o meu ordenança, que me pôs num cavalo de carga e me conseguiu me levar a salvo até às linhas britânicas.

Eu estava acabado por causa das dores e fraco, devido às longas adversidades que passei. Fui levado com uma enorme caravana de feridos para o hospital militar em Peshawar. Aí melhorei, e já tinha feito progressos que permitiam caminhar pelas enfermarias e até tomar sol, por pouco tempo, na varanda. Então, fui acometido por uma febre entérica, aquela praga das nossas colônias na Índia. Fiquei entre a vida e a morte durante meses, e quando finalmente voltei a mim e fiquei convalescente, estava tão debilitado e magro que uma junta médica determinou que eu deveria ser enviado sem demora para Inglaterra.

Assim, me colocaram em um navio de transporte de tropas chamado Orontes, e um mês depois desembarcava no cais de Portsmouth, com a saúde irremediavelmente comprometida, mas com autorização paternal do governo para tentar melhorá-la nos nove meses seguintes.

Não tinha amigos nem parentes na Inglaterra, por isso, era livre como o ar – ou tão livre quanto um rendimento de onze xelins e meio por dia permite a um homem. Em tais circunstâncias mudei-me, como era de esperar, para Londres, essa enorme fossa para onde são atraídos todos os vadios e ociosos do império. Fiquei algum tempo, num hotel retirado, na Strand, levando uma

Watson e Sherlock Holmes. Ilustração de Sidney Paget.

vida sem conforto e sem sentido, gastando o dinheiro que tinha, esbanjando mais do que devia. A minha situação financeira tornou-se tão alarmante que logo percebi que tinha de sair da capital e passar a viver em algum lugar no campo ou teria de alterar por completo o meu modo de vida. Optei pela segunda alternativa e decidi deixar o hotel para me instalar num lugar menos pretensioso e mais barato.

Precisamente no dia em que cheguei a esta conclusão, estava no Bar Criterion, quando alguém me bateu no ombro. Reconheci o jovem Stamford, que fora meu assistente no Barts. A visão de um rosto amigo na imensidão de Londres é de fato uma coisa agradável para um homem solitário. Nos velhos tempos, Stamford não foi um dos meus íntimos, mas naquele momento saudei-o com entusiasmo, e ele, por sua vez, parecia encantado por me encontrar. Na exuberância da minha alegria, convidei-o para almoçar comigo no Holborn, e partimos os dois num coche.

– Que aconteceu, Watson? – perguntou ele, sem dissimular o espanto, enquanto sacolejávamos pelas ruas movimentadas de Londres.

– Está magro como um sarrafo e queimado como uma noz.

Fiz um breve relato de minhas aventuras e mal tinha concluído quando chegamos ao nosso destino.

– Pobre diabo! – exclamou, penalizado, após ter ouvido meus infortúnios. – O que vai fazer agora?

– Procurar um lugar para morar – respondi. Tento resolver o problema de encontrar cômodos confortáveis a um preço razoável.

– Curioso – comentou. – Hoje você é a segunda pessoa que me diz a mesma coisa.

– E quem foi a primeira? – perguntei.

– Um homem que trabalha no laboratório de química do hospital. Ainda esta manhã reclamava de não achar alguém com quem dividir o aluguel dos ótimos cômodos que encontra, mas que são caros demais para as suas posses.

– Formidável! – exclamei. – Se ele procura mesmo alguém para dividir a casa e as despesas, sou exatamente o homem indicado. É melhor ter um companheiro do que morar sozinho.

Stamford olhou-me de modo estranho por cima do seu copo de vinho.

– Você ainda não conhece Sherlock Holmes – disse. – Talvez não goste dele como companheiro permanente.

– Por quê? O que ele tem de errado?

– Bem, eu não disse que há alguma coisa que o desabone. Ele tem ideias um tanto estranhas. É apaixonado por alguns ramos da ciência. Pelo que sei, é uma pessoa bastante correta.

– Estudante de medicina? – perguntei.

– Não, e não tenho a mínima ideia a respeito do que ele estuda. Parece entender muito de anatomia, além de ser um químico de primeira. No entanto, que eu saiba, nunca fez nenhum curso regular de medicina. Seus estudos são um tanto desregrados e excêntricos, mas com esse sistema irregular ele acumulou uma quantidade de conhecimentos que deixaria seus professores surpresos.

– Nunca lhe perguntou o que está estudando? – indaguei.

– Não! Ele é desses que não fazem confidências, embora possa ser bastante comunicativo quando é dominado pela imaginação.

– Eu gostaria de conhecê-lo – disse. – Se vou morar com alguém, preferiria um homem que aprecie os estudos e tenha hábitos tranquilos. Ainda não me sinto bastante forte para suportar muito barulho ou agitação. Já tive o suficiente de ambos no Afeganistão... o suficiente para o resto da vida. Como poderei entrar em contato com esse seu amigo?

– Ele deve estar no laboratório – respondeu meu companheiro. – Às vezes ele evita o lugar durante semanas, ou então trabalha lá de manhã à noite. Se quiser, iremos ao seu encontro depois do almoço.

– É uma boa ideia – respondi, e nossa conversa passou para outros temas.

Quando estávamos a caminho do hospital, depois que saímos do Holborn, Stamford deu maiores detalhes sobre o cavalheiro que eu me propunha a aceitar como companheiro de moradia.

– Não me responsabilize se por acaso você não se der bem com ele – alertou – Não sei nada a seu respeito além do que fiquei sabendo quando o encontrava ocasionalmente no laboratório. Este arranjo foi ideia sua, portanto não me culpe por alguma coisa.

– Se não nos dermos bem, será fácil nos separarmos – respondi. – Está me parecendo, Stamford, que você tem algum motivo para lavar as mãos em relação a este assunto. O temperamento desse homem é tão terrível ou existe algo mais? Vamos, fale sem receio!

– É difícil exprimir o inexprimível – respondeu Stamford, rindo. – Holmes talvez seja científico demais para o meu gosto – chega a beirar a insensibilidade. Posso imaginá-lo dando a um amigo uma pitadinha do último alcaloide vegetal, não por maldade, compreenda, mas apenas por espírito investigativo, para ter uma ideia precisa dos efeitos. Para ser justo, acho que ele próprio tomaria o alcaloide com a mesma presteza. Parece ter paixão pelo conhecimento definido e exato.

– Não vejo nada demais nisso.

– Sim, mas pode levar a excessos. Como bater nas pessoas com um pau na sala de dissecações.

– Bater nas pessoas!

"Dr. Watson, Sr. Sherlock Holmes – apresentou Stamford."
Ilustração de George Hutchinson.

– Sim, para verificar até que ponto se podem infligir ferimentos depois da morte. Vi-o fazer isso com os meus próprios olhos.

– No entanto, diz que ele não é estudante de Medicina?

– Não. Só Deus sabe quais são os fins das suas investigações. Mas você tem de formar a sua própria opinião acerca dele.

Enquanto ele falava, mudamos de direção, descemos uma rua estreita e passamos uma pequena porta lateral que dava para uma ala do enorme hospital. Era uma área que eu conhecia bem e não precisei que me orientassem quando subimos a gelada escadaria de pedra e descemos o corredor comprido com a sua galeria de paredes caiadas de branco e portas marrom. Perto do extremo oposto uma passagem baixa e abobadada bifurcava-se e conduzia ao laboratório de química.

Era uma sala enorme, orlado e juncado de inúmeros frascos. Mesas largas e baixas estavam espalhadas por toda a parte, repletas de retortas, tubos de ensaio e pequenos bicos de Bunsen com chamas azuis tremulantes. Havia apenas um estudante na sala, que se debruçava sobre uma mesa afastada, absorto no trabalho. Ao ouvir os nossos passos, relance ou o olhar pela sala e pôs-se direito, de um salto, com um grito de alegria.

– Descobri! Descobri! – gritou para o meu companheiro, correndo para nós com um tubo de ensaio na mão. – Descobri um reagente que se separa através da hemoglobina, e não por outra coisa qualquer.

Tivesse ele descoberto uma mina de ouro, e o seu rosto não poderia irradiar mais alegria.

– Dr. Watson, Sr. Sherlock Holmes – apresentou Stamford.

– Como vai? – disse ele cordialmente, apertando minha mão com uma força de que eu não o julgaria capaz. – Vejo que esteve no Afeganistão.

– Como é que sabe? – perguntei, surpreso.

– Não vem ao caso agora – ele respondeu dando uma risadinha para si mesmo. – No momento, a questão é sobre a hemoglobina. Percebe a importância da minha descoberta, não?

– Quimicamente é interessante, sem dúvida – respondi –, mas na prática...

– Como? Meu caro, é a descoberta mais prática da medicina legal dos últimos anos! Não percebe que, com isto, teremos um teste infalível para manchas de sangue? Venha cá!

Em sua ansiedade, segurou-me pela manga do casaco e me puxou para junto da mesa onde esteve trabalhando.

– Vamos pegar um pouco de sangue fresco – disse, espetando o dedo. Aparou numa pipeta a gota de sangue que saiu. – Agora, adiciono esta pequena quantidade de sangue a um litro de água. Perceberá que a mistura tem a aparência de água pura, pois a proporção do sangue não pode ser maior que um para um milhão. Entretanto, não tenho dúvida de que obteremos a reação característica.

Enquanto falava, ele jogou alguns cristais brancos dentro do recipiente, acrescentando em seguida algumas gotas de um fluido transparente. O conteúdo adquiriu imediatamente uma tonalidade escura de mogno, ao mesmo tempo em que um pó acastanhado se concentrava no fundo do recipiente de vidro.

– Ah! Ah! – exclamou ele, batendo palmas e parecendo tão contente quanto uma criança com um brinquedo novo. – O que acha disto?

– Parece um teste bastante delicado – observei.

– Ótimo! Ótimo! O velho teste com guaiaco era muito rudimentar e incerto. O mesmo se passa com o exame microscópico para corpúsculos sanguíneos. Este último não tem valor se as manchas já tiverem algumas horas. Porém, isto parece atuar tão bem com sangue antigo como com novo. Tivesse este teste sido descoberto antes, e centenas de homens que percorrem agora a terra teriam sofrido há muito o castigo pelos seus crimes.

– É mesmo? – murmurei.

– Casos de crime estão continuamente dependentes desse único ponto. Um homem é suspeito de ter cometido um crime talvez meses depois de ter sido perpetrado. As roupas são examinadas e descobrem-se nelas manchas marrom. São manchas de sangue, manchas de lama, manchas de ferrugem ou nódoas de fruta, ou que e que são? Esta é uma questão que desorientou muitos peritos, e por quê? Porque não existia nenhum teste seguro. Agora temos o teste de Sherlock Holmes, e não haverá mais problemas.

Seus olhos brilhavam enquanto ele falava e, levando a mão ao peito, fez uma mesura, como se agradecesse a alguma multidão gerada por sua imaginação.

– Aceite os meus parabéns – falei, bastante surpreso com o seu entusiasmo.

– Houve o caso de Von Bischoff em Frankfurt, no ano passado. Se este teste já existisse, ele certamente teria sido enforcado. Houve também o caso Mason em Bradford, o do famigerado Muller, o de Lefèvre em Montpellier e o de Samson em Nova Orleans. Enfim, eu poderia enumerar uma série de casos em que este teste teria sido decisivo.

– Você parece um calendário ambulante de crimes – disse Stamford, rindo. – Poderia lançar um jornal nessa linha. O título seria

– Sem dúvida, seria também uma leitura muito interessante – observou Sherlock Holmes, colocando um pequeno adesivo no local da espetadela em seu dedo. – Preciso ser cauteloso – continuou, virando-se para mim com um sorriso –, porque estou sempre lidando com venenos.

Estendeu as mãos enquanto falava e reparei que estavam salpicadas de adesivos semelhantes, além de descoradas pela ação de ácidos fortes.

– Viemos aqui tratar de negócios – disse Stamford, acomodando-se em uma banqueta alta de três pernas e empurrando outra, com um pé, na minha direção.

– Este meu amigo anda à procura de moradia, e como você se queixava de não encontrar ninguém para dividir as despesas, achei que seria bom pôr os dois em contato.

Sherlock Holmes pareceu encantado com a ideia de dividirmos acomodações.

– Estou de olho em um apartamento na Baker Street – anunciou – que seria perfeito para nós. Espero que o cheiro de tabaco forte não o incomode.

– Costumo fumar tabaco de marinheiro – respondi.

– Muito bem. Em geral, tenho produtos químicos em casa e, de vez em quando, costumo fazer experiências. Isso o incomodaria?

– De modo algum.

– Vejamos quais são os meus outros defeitos... Volta e meia fico irritadiço e de boca fechada dias inteiros. Não vá pensar que estou zangado quando me comporto dessa maneira. Só me deixar em paz e logo tudo voltará ao normal. E você, o que tem para confessar? É muito melhor que dois sujeitos fiquem conhecendo seus piores defeitos antes que comecem a morar juntos.

Achei graça naquele interrogatório.

– Tenho um filhote de buldogue – falei – e faço objeção a qualquer tipo de barulho, porque estou com os nervos abalados. Além disso, costumo levantar-me em horas impróprias e sou terrivelmente preguiçoso. Ainda tenho outros defeitos quando estou bem de saúde, mas, no momento, estes são os principais.

– Inclui o som do violino em sua categoria de barulhos? – ele perguntou ansioso.

– Depende do executante – respondi. – Um violino bem tocado é um presente para os deuses, mas quando acontece o contrário...

– Oh, então está tudo bem! – exclamou Holmes, com uma risada satisfeita. – Acho que podemos considerar o assunto resolvido, isto é, se ficar satisfeito com os aposentos.

– Quando iremos vê-los?

– Venha encontrar-me amanhã ao meio-dia e iremos juntos para resolver tudo – respondeu ele.

– Certo – ao meio-dia em ponto – falei, apertando-lhe a mão.

Deixamos que ele voltasse ao trabalho com seus produtos químicos e, juntos, eu e Stamford seguimos para o meu hotel.

– Por falar nisso – soltei de repente, parando e virando-me para meu companheiro –, como, diabo, ele soube que vim do Afeganistão?

Meu companheiro esboçou um sorriso enigmático.

– Esta é justamente uma característica especial de Holmes – disse ele. – Muita gente quer saber como ele consegue descobrir as coisas.

– Oh! Então é um mistério? – exclamei, esfregando as mãos. – Isto é muito estimulante! Sou-lhe grato por ter feito o contato. Como sabe, "o estudo adequado da humanidade é o homem", você sabe.

– Pois então, estude-o – disse Stamford ao despedir-se. – Imagino que Holmes seja um problema intrincado. Aposto como ele descobrirá mais coisas a seu respeito do que você conseguirá descobrir a respeito dele. Até breve, Watson.

– Até breve – respondi, e entrei em meu hotel sentindo um profundo interesse por meu novo conhecido.

2
A ciência da dedução

Nos encontramos no dia seguinte, como havíamos combinado e inspecionamos os aposentos no n.º 221-B da Baker Street, de que falamos no nosso encontro. Era composto de dois quartos confortáveis e de uma sala de estar grande e arejada, com mobílias pouco pesadas, iluminada por duas janelas largas. Os aposentos eram tão atraentes, e as condições pareciam tão razoáveis quando divididas pelos dois, que o negócio foi feito no local e tomamos posse imediatamente. Nessa mesma noite levei os meus haveres do hotel para lá, e na manhã seguinte, Sherlock Holmes acompanhou-me com várias caixas e malas. Durante um dia ou dois estivemos muito atarefados a desfazer as malas e a arranjar os nossos bens da melhor maneira. Feito isto, começamos pouco a pouco a nos acomodar e nos adaptar ao novo ambiente.

Holmes não era de forma alguma um homem com quem fosse difícil viver. Era calmo, à sua maneira, e os seus hábitos eram normais. Era raro estar levantado depois das dez da noite, e tinha sempre tomado o café da manhã e saído antes de eu me levantar de manhã. Às vezes passava o dia no laboratório, outras nas salas de dissecação, e, de vez em quando, dava longos passeios a pé, que pareciam levá-lo às zonas mais degradadas da cidade. Nada podia exceder a sua energia quando estava embrenhado no trabalho; mas, de quando em quando, apoderava-se dele uma depressão e ficava dias a fio deitado num sofá na sala de estar, quase sem dizer uma palavra e sem mexer um músculo, de manhã à noite. Nesses momentos notava uma expressão tão sonhadora e vaga no seu olhar, que chegaria a suspeitar que estava sob o efeito de alguma droga, se não fosse a sobriedade e a moderação de toda a sua vida que não permitiam tal juízo.

À medida que as semanas passavam, meu interesse por ele e a curiosidade a respeito de seus objetivos na vida aumentaram e aprofundaram-se aos poucos. Ele próprio e sua aparência chamavam a atenção do observador mais desatento.

Tinha mais de 1,80 metro de altura, mas a magreza excessiva fazia com que parecesse ainda mais alto. Seus olhos eram atentos e penetrantes, exceto durante aqueles intervalos de torpor a que já me referi; e o nariz delgado, aquilino, dava à fisionomia um ar de vigilância e determinação. Também o queixo, saliente e quadrado, indicava um homem decidido. Suas mãos estavam sempre manchadas de tinta e de produtos químicos, mas mostravam uma extraordinária delicadeza de toque, como tive ocasião de observar várias vezes, enquanto ele manipulava seus frágeis instrumentos de alquimista.

O leitor poderá considerar-me um intrometido inveterado quando eu confesso o quanto aquele homem atiçava a minha curiosidade, e com que frequência tentei descobrir alguma coisa por entre a reticência que ele mostrava em relação a tudo que lhe dizia respeito. Todavia, antes de emitir uma opinião, recorde-se quão inútil era a minha vida e o pouco que havia que me despertasse a atenção. A saúde não permitia que me aventurasse a sair, a não ser que o tempo estivesse excepcionalmente bom e não tinha amigos que me pudessem convidar quebrando a monotonia da minha vida diária. Nestas circunstâncias, acolhi entusiasticamente o pequeno mistério que envolvia o meu companheiro, e passava a maior parte do tempo a procurar desvendá-lo.

Ele não estudava Medicina. Ele mesmo, em resposta a uma pergunta, confirmara a opinião de Stamford. Nem parecia ter frequentado um curso com assiduidade que o pudesse preparar para um grau em ciências ou qualquer outra porta reconhecida que lhe desse acesso ao mundo do saber. No entanto, o seu zelo por certos estudos era notável e, dentro dos limites excêntricos, a sua erudição era tão vasta e circunstanciada que as observações dele me assombravam bastante. Certamente que nenhum homem trabalharia com tanto afinco nem obteria informações tão precisas se não tivesse um objetivo definido em vista. Os leitores sem método raramente se salientam pelo rigor do seu conhecimento. E homem algum sobrecarregaria a mente com questões insignificantes, a menos que tenha bons motivos para fazer isso.

A ignorância de Holmes era tão surpreendente quanto o seu conhecimento. Ele parecia não saber quase nada sobre literatura, filosofia e política contemporâneas. Quando citei Thomas Carlyle certa vez, Holmes, mostrando a mais perfeita ingenuidade, perguntou quem era ele e o que havia feito. Mas minha perplexidade atingiu o auge quando descobri por acaso que ele ignorava a Teoria de Copérnico e a composição do sistema solar. Para mim, um ser humano civilizado do século XIX que não soubesse que a Terra girava em torno do sol era algo tão fora do comum que quase me recusava a acreditar.

– Você parece admirado – disse ele, sorrindo da minha expressão de surpresa. – Pois agora que já aprendi isso, farei o possível para esquecê-lo.

– Esquecê-lo?

– Procure entender – falou. – Para mim, o cérebro de um homem, originalmente, é como um sótão vazio, que deve ser entulhado com os móveis que escolhermos. Um tolo o enche com todos os tipos de quinquilharia que vai encontrando pelo caminho, a ponto de os conhecimentos que lhe seriam úteis ficarem soterrados ou, na melhor das hipóteses, tão misturados às outras coisas, que ficaria difícil selecioná-los. Já o trabalhador especializado é extremamente cauteloso em relação às coisas que coloca em seu cérebro-sótão. Depositará lá apenas as ferramentas que poderão ajudá-lo a realizar o seu trabalho, mas, destas, ele terá um vasto sortimento e todas arrumadas na mais perfeita ordem. É um engano pensar que esse pequeno recinto tem paredes elásticas, que podem ser distendidas indefinidamente. Dependendo disto, chega o momento em que, para cada novo acréscimo de conhecimento, esquecemos algo que já sabíamos antes. Portanto, é da maior importância evitar que dados inúteis ocupem o lugar dos úteis.

– Certo, mas o sistema solar! – protestei.

– Que importância tem isso para mim? – ele me interrompeu, impaciente. – Você disse que giramos em torno do sol. Se girássemos em torno da lua, isto não faria a mínima diferença para mim ou para o meu trabalho.

Estive a ponto de perguntar-lhe que trabalho era esse, mas alguma coisa no seu jeito indicava que a curiosidade não teria boa acolhida. Mesmo assim, meditei sobre o nosso curto diálogo e esforcei-me para tirar disso alguma conclusão. Ele dissera que não queria adquirir conhecimentos inadequados às suas finalidades. Então, todos os conhecimentos que possuía tinham de ser úteis para ele. Mentalmente, enumerei os vários pontos em que ele se revelara excepcionalmente bem-informado. Cheguei a pegar um lápis e a anotá-los. Não pude deixar de sorrir quando concluí o documento. Ficou assim:

As limitações de Sherlock Holmes

1. Literatura: zero.
2. Filosofia: zero.
3. Astronomia: zero.
4. Política: fracos.
5. Botânica: variáveis. Versado nos efeitos de beladona, ópio e venenos em geral. Não sabe nada sobre jardinagem e horticultura.
6. Geologia: práticos, mas limitados. À primeira vista, sabe reconhecer solos diferentes. Quando chega de suas caminhadas, mostra-me manchas e respingos nas calças e, por sua cor e consistência, me diz em que parte de Londres as recebeu.
7. Química: profundos.
8. Anatomia: acurados, mas pouco sistemáticos.
9. Literatura sensacionalista: imensos. Ele parece conhecer todos os detalhes de cada horror perpetrado neste século.
10. Toca bem violino.
11. É perito em esgrima e boxe, além de hábil espadachim.
12. Tem um bom conhecimento prático das leis inglesas.

Quando cheguei a este ponto da minha lista, joguei-a no fogo, desanimado.

"Se eu só posso descobrir o objetivo desse homem ao conciliar todas estas habilidades e encontrando uma profissão que precise de todas elas", disse para mim mesmo, "é melhor eu desistir de tentar."

Repare que me referia a seus dotes de violinista. Sem dúvida, eram notáveis, mas tão excêntricos quanto todas as suas outras habilidades. Eu sabia perfeitamente que Holmes era capaz de executar peças difíceis porque, a meu pedido, tocara alguns Lieder de Mendelssohn e outras músicas de minha preferência. Quando entregue a si mesmo, no entanto, ele raramente interpretava qualquer música ou tentava alguma ária identificável. À tardinha, recostado em sua poltrona, fechava os olhos e passava descuidadamente o arco pelas cordas do violino em seus joelhos. Algumas vezes, os acordes eram sonoros e melancólicos, outras, fantásticos e alegres. Refletiam, sem dúvida, os pensamentos que invadiam sua mente, mas eu não conseguia determinar se a música os ajudava ou se o ato de tocar era simplesmente o resultado de um capricho ou fantasia. Eu teria me rebelado contra aqueles solos exasperantes, se ele não tivesse o hábito de encerrá-los tocando, em rápida sucessão, séries completas de minhas peças prediletas, como uma pequena compensação pela prova à minha paciência.

Durante a primeira semana ou pouco mais, não tivemos visitas, e eu já começava a pensar que meu companheiro também era um homem sem amigos. Mas, pouco depois, descobri que ele tinha muitos conhecidos nas mais variadas classes sociais. Havia um homenzinho pálido, com cara de rato e olhos escuros, que me foi apresentado como Sr. Lestrade, e que apareceu três ou quatro vezes na mesma semana. Certa manhã foi a vez de uma jovem, elegantemente vestida, que se demorou por meia hora ou mais. Nessa mesma tarde apareceu um visitante de cabelo grisalho, andrajoso, que se parecia com um vendedor ambulante judeu, muito excitado, e que era seguido de perto por uma mulher de certa idade, com ar desmazelado. Noutra ocasião avistou-se com o meu companheiro um cavalheiro idoso de cabelo branco; noutra, um empregado dos caminhos-de-ferro de uniforme de belbutina. Quando qualquer destas estranhas pessoas aparecia, Sherlock Holmes costumava tomar a liberdade de se servir da sala de estar, e eu retirava-me para o quarto. Pedia-me sempre desculpa por me causar inconveniente.

– Preciso usar a sala como lugar para tratar de negócios – dizia – e essas pessoas são meus clientes.

Mais uma vez, surgia a oportunidade de interrogá-lo diretamente e, como antes, a discrição impedia que eu o forçasse a confiar em mim. Na época, pensei que Holmes devia ter fortes motivos para evitar o assunto, mas ele logo fez com que eu afastasse essa hipótese, ao abordá-lo voluntariamente.

Estávamos no dia 4 de março – tenho bons motivos para recordar a data – e levantei-me um pouco mais cedo que de hábito. Vi que Sherlock Holmes ainda não terminara seu café da manhã. A criada estava tão acostumada à minha demora em sair da cama que ainda não arrumara meu lugar à mesa nem preparara o meu café. Com a petulância irracional do gênero humano, toquei a sineta e anunciei secamente que estava pronto. Em seguida, peguei uma revista em cima da mesa, e tentei matar o tempo com ela, enquanto meu companheiro mastigava silenciosamente sua torrada. Deparei-me com um artigo cujo título fora sublinhado a lápis e, naturalmente, passei os olhos por ele.

O título um tanto pretensioso era "O Livro da Vida", e o artigo se propunha a demonstrar o quanto um homem observador poderia apreender por meio do exame minucioso e sistemático de tudo que lhe caísse sob os olhos. Tive a impressão de que aquilo era uma extraordinária mistura de absurdo e sagacidade. A argumentação era compacta e intensa, mas as deduções pareciam rebuscadas e exageradas. O autor afirmava que uma expressão momentânea, um repuxar de músculo ou um movimento dos olhos podiam denunciar os pensamentos mais íntimos de um homem. Segundo ele, era impossível que alguém bem-treinado na observação e na análise fosse iludido em suas deduções. As conclusões seriam tão infalíveis como tantas proposições de Euclides. Para os leigos, esses resultados pareceriam tão extraordinários que, enquanto não aprendessem o método pelo qual haviam sido obtidos, considerariam o homem que chegara a eles uma espécie de adivinho.

"A partir de uma gota d'água," dizia o autor, "um pensador lógico poderia inferir a possibilidade de um Atlântico ou de um Niágara, sem jamais ter visto um e outro ou ouvido falar deles. Assim, toda vida é uma grande cadeia, cuja natureza é revelada pela simples apresentação de um único elo. Como todas as artes, a Ciência da Dedução e da Análise só pode ser adquirida após um aprendizado demorado e paciente, mas a vida não é suficientemente longa para permitir que algum mortal atinja a perfeição máxima nesse campo. Antes de se concentrar nos aspectos morais e mentais do assunto que apresenta as maiores dificuldades, o pesquisador deve começar pelo domínio dos problemas mais elementares. Ao encontrar um semelhante, que ele aprenda, em um relance, a distinguir a história do homem e o ofício ou profissão que ele exerce. Por mais infantil que esse exercício possa parecer, ele aguça as faculdades de observação, ensinando para onde se deve olhar e o que procurar. Pelas unhas de um indivíduo, pela manga do seu paletó, seus sapatos, o joelho das calças, as calosidades do polegar e indicador, pelos punhos da camisa... em cada um destes detalhes, a profissão de um homem é nitidamente revelada. Que tudo isso junto deixe de esclarecer um investigador competente é quase inconcebível."

– Quanto disparate! – exclamei, jogando a revista sobre a mesa – Nunca li tamanha tolice na vida!

– O que é? – perguntou Sherlock Holmes.

– Ora, este artigo – disse, apontando-o com a colher ao me sentar para o café. – Vejo que já o leu, pois está assinalado a lápis. Não posso negar que foi escrito com inteligência, mas ainda assim me irrita. Evidentemente, são as teorias forjadas por algum desocupado, que desenvolve todos esses pequeninos paradoxos sem sair da poltrona de seu gabinete. Nada têm de prático. Eu gostaria de vê-lo na barulheira de um vagão de terceira classe do trem subterrâneo, para então perguntar-lhe quais eram as profissões de todos os seus companheiros de viagem. Apostaria mil por um contra ele.

– E perderia seu dinheiro – observou Holmes calmamente. – Quanto ao artigo, fui eu que escrevi.

– Você?

– Exatamente. Tenho certa tendência a observar, a deduzir. Todas as teorias que expus aí, e que a você parecem tão fantasiosas, na verdade são extremamente práticas – tão práticas que dependo delas para viver.

– Como? – perguntei involuntariamente.

– Bem, eu trabalho por conta própria. Imagino que seja o único no mundo neste ramo. Sou um detetive-consultor, se é que entende o que isto significa. Aqui em Londres temos punhados de detetives oficiais e particulares. Quando estão em apuros, eles me procuram, e tento colocá-los novamente na pista certa. Fornecem-me todos os indícios e, graças ao meu conhecimento da história do crime, geralmente consigo descobrir e corrigir as falhas. Existe uma grande semelhança entre os delitos, de modo que, se temos todos os detalhes de mil casos na ponta dos dedos, seria estranho não conseguirmos desenredar o milésimo primeiro. Lestrade é um detetive conceituado. Recentemente, ficou perdido ao investigar um caso de falsificação, e foi isso que o trouxe aqui.

– E quanto às outras pessoas?

– Na maioria, são enviadas por agências particulares de investigação. Todas são pessoas com problemas que procuram algum esclarecimento. Ouço as histórias que me contam, elas ouvem meus comentários e depois embolso meus honorários.

– Está querendo dizer – falei – que sem sair do quarto você consegue desatar um nó insolúvel para outros homens, embora eles próprios tenham observado todos os detalhes pessoalmente?

– Exatamente! Tenho certa intuição nesse sentido. De vez em quando aparece um caso mais complicado que os outros. Então, preciso caminhar por aí e ver as coisas com meus próprios olhos. Como sabe, tenho uma boa dose de conhecimentos especiais que, aplicados ao problema, facilitam muito as coisas. Aquelas regras de dedução no artigo que provocou o seu desdém são inestimáveis no meu trabalho prático. Observação é a minha segunda natureza. Você pareceu surpreso quando eu lhe disse, no nosso primeiro encontro, que sabia que estava retornando do Afeganistão.

– Alguém lhe contou, sem dúvida.

– Absolutamente! Eu sabia que você vinha do Afeganistão. Devido a um hábito antigo, o encadeamento de pensamentos passou pela minha mente com tamanha rapidez que cheguei à conclusão sem ter consciência das etapas intermediárias. Mas essas etapas existiram. O meu raciocínio foi o seguinte: "Aqui temos um cavalheiro com aparência de médico, mas também com modos de militar. Portanto, sem sombra de dúvida, um médico do exército. Acabou de chegar dos trópicos, pois tem o rosto queimado e essa não é a cor natural de sua pele, já que os pulsos são claros. Passou por privações e doenças, como demonstra nitidamente seu rosto macilento. Foi ferido no braço esquerdo, já que o mantém numa posição rígida e pouco natural. Em que lugar dos trópicos um médico inglês do exército enfrentaria tantas agruras e seria ferido no braço? No Afeganistão, evidentemente." Toda esta fieira de pensamentos não levou mais de um segundo. Então, comentei que você viera do Afeganistão e percebi que ficou espantado.

– Tudo parece muito simples, da maneira como você explica – respondi, sorrindo. – Você me lembra o Dupin de Edgar Allan Poe. Nunca pensei que esse tipo de gente existisse na vida real.

Sherlock Holmes levantou-se e acendeu seu cachimbo.

– Sem dúvida, imagina estar me fazendo um elogio, quando me compara a Dupin – observou. – Bem, na minha opinião, Dupin era um tipo bastante inferior. Aquele seu truque de interromper os pensamentos do amigo com um comentário oportuno, após um silêncio de 15 minutos, além de espalhafatoso, é superficial. Não duvido que ele tivesse um certo dom analítico, mas não era de modo algum o fenômeno que Poe parecia imaginar.

– Já leu as obras de Gaboriau? – perguntei. – Lecoq corresponde à ideia que você faz deum detetive?

Sherlock Holmes fungou com ironia.

– Lecoq era um grande trapalhão – disse ele, irritado. – Sua energia era a sua única qualidade. Esse livro me deixou francamente enojado. A questão consistia em identificar um prisioneiro desconhecido. Eu teria feito isso em 24 horas, enquanto Lecoq levou uns seis meses. Um livro assim poderia ser um manual para os detetives aprenderem o que devem evitar.

Fiquei bastante indignado ao ver menosprezados dois personagens que eu tanto admirava.

Fui até a janela e fiquei olhando a rua movimentada.

"Este sujeito pode ser muito esperto," pensei, "mas certamente é bastante presunçoso."

– Hoje em dia, não há mais crimes nem criminosos – disse ele, em tom de lamento. – De que adianta a inteligência em nossa profissão? Sei muito bem que tenho capacidade para tornar meu nome famoso. Não há e nunca houve alguém que contribuísse com tamanha dose de estudo e talento natural para investigação criminal como eu. E qual foi o resultado? Não há crimes a desvendar ou, no máximo, algum delito desajeitado, com um motivo tão transparente que até um funcionário da Scotland Yard consegue resolver.

Eu ainda estava irritado com sua maneira presunçosa de falar e achei melhor mudar de assunto.

– O que será que aquele sujeito está procurando? – perguntei.

Ao falar, apontei para um homem corpulento e vestido com simplicidade, que descia lentamente pela calçada oposta, consultando os números das casas com ansiedade. Tinha um grande envelope azul na mão e, evidentemente, era portador de alguma mensagem.

– Está falando daquele sargento aposentado da Marinha? – perguntou Sherlock Holmes.

"Quanta fanfarronice!", pensei. "Ele sabe que não posso confirmar o que disse."

O pensamento mal tinha cruzado a minha mente quando o homem que observávamos descobriu o número de nossa porta e atravessou a rua às pressas. Ouvimos a batida forte, uma voz grave no andar de baixo e, em seguida, o ruído de passos firmes subindo a escada.

– Para o Sr. Sherlock Holmes – disse ele, entrando na sala e estendendo a carta ao meu amigo.

Ali estava a minha oportunidade de acabar com sua arrogância. Ele nem havia pensado nisso quando fez sua observação casual.

– Escute, amigo – falei com a voz mais branda possível –, posso perguntar-lhe qual a sua profissão?

– Mensageiro, senhor – respondeu de modo rude.

– Meu uniforme está no conserto.

– E o que fazia antes? – tornei a perguntar, com um malicioso olhar de lado para meu companheiro.

– Era sargento, senhor. Royal Marine da Infantaria Leve. Sem resposta, Sr. Holmes?

– Perfeitamente, senhor.

O homem bateu os calcanhares, ergueu a mão em continência e saiu.

3

O mistério de Lauriston Gardens

Confesso que fiquei absolutamente perplexo com aquela nova prova da natureza prática das teorias de meu companheiro. Meu respeito por sua capacidade analítica aumentou consideravelmente. Mesmo assim, eu ainda nutria a secreta desconfiança de que tudo não passasse de um episódio previamente combinado com o objetivo de me deixar deslumbrado, embora não pudesse compreender qual a sua intenção ao enganar-me daquele jeito. Quando olhei para Holmes, ele terminara de ler a nota e seus olhos haviam adquirido aquela expressão opaca e distante que indicava abstração mental.

– Diabo, como conseguiu deduzir aquilo? – perguntei.

– Deduzir o quê? – replicou ele, com petulância.

– Ora, que o homem era sargento reformado da Marinha.

– Agora não tenho tempo para futilidades – respondeu com rispidez.

Depois, acrescentou com um sorriso:

– Desculpe-me o modo rude. Você interrompeu o fio dos meus pensamentos, mas talvez até seja melhor assim. Então, não conseguiu perceber que aquele homem era um sargento da Marinha?

– De modo algum.

– Foi mais fácil descobrir isso do que explicar como eu sei. Se lhe pedirem para provar que dois e dois são quatro, você talvez encontre alguma dificuldade, embora tenha certeza disso. Mesmo quando aquele homem estava do outro lado da rua, pude ver uma grande âncora azul tatuada no dorso de sua mão. Isso indicava alguma ligação com o mar. Ele tinha uma postura militar e, além disso, usava as suíças próprias da Marinha. Tínhamos, então, um marinheiro. Notava-se nele um certo ar de importância, de quem está acostumado a comandar. Você deve ter notado o modo como ele movia a cabeça e manejava a bengala. Além disso, seu rosto era o de um homem resoluto, respeitável e maduro... um conjunto de características que me levou a acreditar que ele fora um sargento da Marinha.

– Incrível! – exclamei.

– Corriqueiro – disse Holmes, embora, pela sua expressão, eu percebesse que ele tinha ficado satisfeito com minha visível surpresa e admiração.

– Ainda há pouco eu lhe dizia que não há mais criminosos. Tudo indica que eu estava enganado – veja isto!

Estendeu-me a carta que acabara de receber do mensageiro.

– Oh! – exclamei, assim que corri os olhos por ela.

– Isto é terrível!

– Parece um tanto fora do comum – ele observou calmamente. – Poderia lê-la para mim em voz alta?

Esta é a carta que li para ele:

"Prezado sr. Sherlock Holmes,

Esta noite houve uma grave ocorrência no nº 3 de Lauriston Gardens, nas proximidades da Brixton Road. Por volta de duas da madrugada, nosso policial de ronda avistou luz nesse endereço e, como a casa estava vazia, desconfiou que havia algo errado. A porta estava aberta e, na sala da frente, sem nenhuma mobília, ele se deparou com o cadáver de um cavalheiro, bem-vestido e tendo em um dos bolsos cartões de visita em nome de Enoch J. Drebber, Cleveland, Ohio, U.S.A. *Não houve roubo e não há nenhuma pista sobre a maneira como o homem morreu. Existem marcas de sangue na sala, embora o corpo não apresente nenhum ferimento. Não imaginamos o que ele teria ido fazer naquela casa desabitada; aliás, o caso todo é um enigma. Se puder ir até lá, a qualquer hora antes do meio-dia, irá encontrar-me. Deixei tudo tal como estava, até ter notícias suas. Se não puder vir, enviarei maiores detalhes e ficarei imensamente grato pela gentileza de sua opinião.*

Cordialmente, Tobias Gregson."

– Gregson é o mais astuto dos agentes da Scotland Yard – observou o meu amigo. – Ele e Lestrade são os únicos que têm valor, em meio a um punhado de incompetentes. Ambos são rápidos e decididos, mas convencionais... terrivelmente convencionais. Por outro lado, há uma grande rivalidade entre eles e são ciumentos como duas beldades profissionais. A coisa promete ser divertida, se Gregson e Lestrade forem designados para o caso.

Era espantosa a calma com que ele murmurava aquilo.

– Sem dúvida, não há um momento a perder! – exclamei. – Desço e chamo um táxi para você?

– Ainda não tenho certeza se irei ou não. Sou o sujeito mais incuravelmente preguiçoso que já houve neste mundo... embora possa ser bastante ativo quando estou disposto a isso.

– Ora, mas esta é justamente a oportunidade que esperava!

– Meu caro amigo, que diferença faz para mim? Supondo-se que eu resolva todo o caso, pode ter certeza de que o crédito será todo de Gregson, Lestrade & Cia. É isto que acontece, quando não se é um investigador oficial.

– Bem, mas ele pede a sua ajuda.

– É verdade. No fundo, sabe que sou superior a ele e reconhece o fato, mas seria capaz de cortar a língua antes de admiti-lo a mais alguém. Enfim, sempre podemos ir e dar uma espiada por lá. Trabalharei à minha maneira, sem ajuda. Se não conseguir nada, pelo menos rirei deles. Vamos!

Enfiou o sobretudo e passou a movimentar-se de uma maneira que indicava que a apatia de antes fora substituída por um acesso de energia.

– Pegue o seu chapéu – disse.

– Quer que eu vá também? – perguntei.

– Sim, caso não tenha nada melhor para fazer.

Um minuto depois, estávamos em um coche, rodando a toda a velocidade para a Brixton Road. Fazia uma manhã nublada e nevoenta. Um véu acastanhado pairava acima dos telhados, parecendo o reflexo das ruas lamacentas. Meu companheiro estava na melhor disposição de ânimo, tagarelando sobre violinos de Cremona e a diferença entre um Stradivarius e um Amati. Quanto a mim, permanecia calado, porque o mau tempo e o assunto melancólico em que estávamos envolvidos me deixavam deprimido.

– Você não me parece nada preocupado com o caso que tem pela frente – falei por fim, interrompendo a explanação musical de Holmes.

– Por enquanto, ainda não dispomos de dados – ele respondeu. – É um erro capital formular teorias antes de contarmos com todos os indícios. Pode prejudicar o raciocínio.

– Em pouco tempo terá os seus dados – observei, apontando com o dedo. – Esta é a Brixton Road e, se não me engano, aquela é a casa.

– Tem razão. Pare, cocheiro, pare!

Ainda estávamos a uns 100 metros de distância, mas ele insistiu em descer ali mesmo, de modo que fizemos a pé o resto do trajeto.

O número 3 de Lauriston Gardens tinha uma aparência agourenta e ameaçadora. Era uma das quatro casas que ficavam um pouco recuadas da rua, sendo duas ocupadas e duas vazias. A última espiava para fora através de três filas de janelas tristes e abandonadas, com uma aparência vaga e opaca, a não ser pelos cartazes de "Aluga-se", que surgiam aqui e ali, como cataratas sobre as vidraças encardidas. Havia um pequeno jardim salpicado de plantas raquíticas entre cada uma das casas e a rua, e era cortado por um estreito caminho amarelado, parecendo ser uma mistura de saibro e argila. Tudo ali estava lamacento, por causa da chuva que caíra durante a noite. O jardim era circundado por uma parede de tijolos com mais ou menos um metro de altura, encimada por grades de madeira. Nessa parede, estava recostado um policial robusto, cercado por um pequeno grupo de desocupados, todos esticando o pescoço e aguçando os olhos, na vã esperança de um vislumbre do que acontecia no interior.

Pensei que Sherlock Holmes entraria imediatamente na casa, para atirar-se ao estudo do mistério. Entretanto, nada parecia mais distante de sua intenção. Com ar despreocupado que, em vista das circunstâncias, me parecia próximo à afetação, ele caminhou de um lado para outro pela calçada, fitando o chão com expressão absorta, depois o céu, as casas opostas e a linha das grades sobre os muros. Terminada a sua inspeção, ele começou a andar lentamente pelo caminho do jardim, ou melhor, pelo gramado vizinho, de olhos pregados no chão. Parou duas vezes e eu o vi sorrir uma vez, ouvindo-o também soltar uma exclamação satisfeita. Havia muitas marcas de pegadas impressas no terreno molhado e argiloso, mas como os policiais já tinham ido e vindo por ali, não pude imaginar como meu companheiro poderia descobrir uma pista no local. De qualquer modo, já que tivera provas tão extraordinárias da rapidez de seus dotes perceptivos, acreditava que ele conseguiria distinguir muitas coisas que para mim eram invisíveis.

À entrada da casa, fomos recebidos por um homem alto e claro, de pele alva e cabelos muito louros, com um caderno de notas na mão, que se precipitou ao encontro de Holmes, apertando-lhe a mão efusivamente.

– Foi muita gentileza ter vindo – disse ele. – Nada foi tocado ainda.

– Exceto aqui fora! – replicou meu companheiro, apontando para o caminho no jardim. – Se uma manada de búfalos tivesse passado por ali, a confusão não seria pior. Mas imagino que já havia tirado suas conclusões, Gregson, antes de permitir que isso acontecesse.

– Fiquei muito ocupado dentro da casa – respondeu o detetive, evasivamente. – Meu colega, o sr. Lestrade, também está aqui. Esperava que ele cuidasse dessa parte.

Holmes fitou-me de lado e ergueu as sobrancelhas sardonicamente.

– Se dois homens como você e Lestrade já estão na pista, não resta muita coisa para um terceiro fazer – disse.

Gregson esfregou as mãos, satisfeito consigo mesmo.

– Creio que já fizemos tudo que era necessário – respondeu. – De qualquer modo, é um caso estranho e sei o quanto aprecia o gênero. – Veio para cá de táxi? – perguntou Sherlock Holmes.

– Não.

– Nem Lestrade?

– Também não.

– Então, vamos dar uma espiada na sala.

Com esta observação inconsequente, ele entrou na casa em largas passadas, seguido por Gregson, cujas feições exprimiam espanto.

Um corredor curto, de assoalho nu e empoeirado, levava à cozinha e às dependências de serviço. Duas portas se abriam para ele, uma à direita e outra à esquerda. Era evidente que uma delas ficara fechada por muitas semanas. A outra dava para a sala de jantar, o aposento onde ocorrera o misterioso fato.

Holmes entrou e eu o segui, com o coração apertado por aquela sensação que a presença da morte inspira.

Era uma grande sala quadrada, que parecia ainda maior porque não tinha móveis. Um papel vulgar e brilhante forrava as paredes. Em alguns lugares estava manchado de bolor e com enormes tiras rasgadas, aqui e ali, penduradas e expondo o reboco amarelado. Do lado oposto à porta havia uma lareira vistosa, com um consolo que imitava mármore branco. A um canto desse consolo da lareira via-se um toco de vela vermelha. A única janela estava tão suja que só deixava penetrar uma claridade opaca e incerta, que emprestava a tudo uma tonalidade acinzentada, acentuada pela espessa camada de poeira que cobria todo o aposento.

Só mais tarde que notei todos esses pormenores.

Naquele momento, minha atenção concentrava-se na figura imóvel e macabra estendida nas tábuas do assoalho, com os olhos abertos e sem vida fitando o teto desbotado. O homem devia ter uns 43 ou 44 anos, era de estatura mediana, tinha ombros largos, cabelos pretos encaracolados, a barba curta e hirsuta. Vestia um sobretudo pesado de tecido de boa qualidade, colete, calças claras, e tinha punhos e colarinho imaculadamente alvos. No chão, a seu lado, havia uma cartola bem escovada e em bom estado. Ele tinha as mãos crispadas e os braços abertos, mas as pernas estavam torcidas, dando a impressão de que sua agonia fora extremamente penosa. Em seu rosto rígido estava estampada uma expressão de horror – e também de ódio, segundo me pareceu – como jamais vi em um semblante humano. Aquela contorção malévola e terrível, juntamente com a testa baixa, o nariz chato e o queixo proeminente, davam ao morto uma singular aparência simiesca, acentuada pela postura torcida e pouco natural. Eu já vira a morte em formas variadas, porém nunca com um aspecto tão medonho como naquela sala sombria e sinistra, que dava para uma das principais artérias da Londres suburbana.

Magro, parecendo um furão, Lestrade estava parado junto à porta e nos cumprimentou, a mim e a meu companheiro.

– Este caso vai dar o que falar – observou ele. – Supera tudo o que já vi, e note-se que não sou novato.

– Nenhuma pista? – perguntou Gregson.

– Absolutamente nada – respondeu Lestrade.

Sherlock Holmes chegou perto do corpo e, ajoelhando-se, examinou-o atentamente.

– Têm certeza de que não há ferimentos? – perguntou, apontando para as numerosas gotas e salpicos de sangue espalhados em volta.

– Plena certeza! – exclamaram os dois detetives.

Enquanto falava, seus dedos ágeis voavam daqui para ali, por todos os cantos.
Ilustração de David Henry Friston.

– Nesse caso, é evidente que este sangue veio de uma segunda pessoa – presumivelmente o assassino, se é que houve assassinato. Isto me faz lembrar as circunstâncias da morte de Van Jansen, em Utrecht, em 1834. Lembra-se do caso, Gregson?

– Não, senhor.

– Pois procure ler... realmente, deveria ler. Não há nada de novo sob o sol. Tudo já aconteceu antes.

Enquanto falava, seus dedos ágeis voavam daqui para ali, por todos os cantos, apalpando, pressionando, desabotoando e examinando, tendo nos olhos aquela mesma expressão absorta que já mencionei. Conduziu o exame com tal rapidez que dificilmente alguém perceberia a minúcia com que o fazia. Por fim, cheirou os lábios do morto e depois olhou as solas de suas botas de couro.

– Não o moveram do lugar? – perguntou.

– Apenas o suficiente para que o examinássemos.

– Então, podem levá-lo agora para o necrotério – disse Holmes. – Não há mais nada para se examinar.

Gregson tinha uma maca e quatro homens ali perto. A um chamado seu, os ajudantes entraram na sala e retiraram o morto. Quando o corpo foi erguido, um anel caiu no chão, tilintando, e rolou pelo assoalho. Lestrade apanhou-o e olhou para ele com ar de mistério.

– Uma mulher esteve aqui! – exclamou. – Isto é uma aliança de mulher!

Ao falar, exibiu a aliança na palma da mão. Juntamo-nos em torno dele e fitamos o anel. Não havia dúvida de que aquela aliança já havia adornado o dedo de uma noiva.

– Isto complica as coisas – comentou Gregson. – E, sabe Deus como já estavam complicadas.

– Tem certeza de que isto não as simplifica? – observou Holmes. – Nada descobriremos ficando aqui a contemplar a aliança. O que encontrou nos bolsos do homem?

– Temos tudo aqui – disse Gregson, apontando para alguns objetos amontoados, sobre um dos últimos degraus da escada. – Um relógio de ouro, no 97.163, da casa Barraud, de Londres. Uma corrente do relógio, pesada e de ouro maciço. Um anel de ouro com o símbolo maçônico. Um prendedor de gravata de ouro, no formato de uma cabeça de buldogue, com olhos de rubis. Uma carteira em couro da Rússia, contendo cartões de visitas de Enoch J. Drebber, de Cleveland, correspondentes às iniciais E.J.D. na roupa de baixo. Nenhuma carteira de notas, mas dinheiro trocado nos bolsos, totalizando 7 libras e 13 xelins. Uma edição de bolso do Decameron, de Boccaccio, com o nome de Joseph Stangerson na primeira folha em branco. Duas cartas... uma endereçada a E. J. Drebber e outra a Joseph Stangerson.

– Tem endereço?

– American Exchange, Strand, Londres, para serem entregues quando procuradas pelos destinatários. Ambas foram enviadas pela Guion Steamship Company e falam sobre a partida de seus barcos de Liverpool. É evidente que o infeliz estava prestes a voltar para Nova York.

– Tirou informações sobre o homem chamado Stangerson?

– Imediatamente, senhor – disse Gregson. – Fiz publicar anúncios em todos os jornais. Enviei um de meus homens ao American Exchange, mas ele ainda não voltou.

– Pediu informações a Cleveland?

– Telegrafamos para lá esta manhã.

– O que disse?

– Apenas detalhamos as circunstâncias, acrescentando que ficaríamos gratos por qualquer informação que nos ajudasse.

– Não solicitou detalhes sobre algum ponto específico, que considerasse importante?

– Pedi informações sobre Stangerson.

– Nada mais? Não existe nenhuma circunstância que sirva de base para este caso? Pretende telegrafar novamente?

– Já disse tudo o que tinha a dizer – respondeu Gregson num tom ofendido.

Sherlock Holmes riu para si mesmo, e parecia prestes a fazer algum comentário, quando Lestrade, que ficara na sala da frente enquanto conversávamos no corredor, reapareceu em cena, esfregando as mãos de um jeito pomposo e satisfeito.

– Sr. Gregson – disse –, acabo de fazer uma descoberta da maior importância, algo que passaria despercebido se eu não tivesse examinado as paredes cuidadosamente.

Os olhos do homenzinho brilhavam enquanto ele falava e, evidentemente, mal continha a euforia por ter lavrado um tento contra o colega.

– Venham aqui! – chamou, voltando alvoroçadamente à sala, cuja atmosfera parecia renovada após a remoção de seu macabro inquilino. – Um momento, fiquem onde estão!

Riscou um fósforo na bota e o aproximou da parede.

– Vejam isto! – exclamou, triunfante.

Já mencionei que o papel de parede estava rasgado e com as tiras penduradas em vários lugares. Naquele canto da sala, um bom pedaço se rasgara, deixando à mostra um quadrado amarelado de reboco áspero. Nesse espaço descoberto via-se uma única palavra, rabiscada em letras de vermelho-sangue:

RACHE

Rache

– O que me diz disso? – perguntou o detetive, com jeito de um apresentador anunciando um espetáculo. – Passou despercebido porque ficava no canto mais escuro da sala e ninguém pensou em examinar aqui. O assassino escreveu isto com o próprio sangue, dele ou dela. Notem a mancha que escorreu pela parede! De qualquer modo, afasta a hipótese de suicídio. Por que teria sido escolhido este canto? Eu lhes direi: vejam aquela vela sobre a lareira. Estava acesa no momento e, assim, este canto passou a ser a parte mais iluminada da sala.

– E, já que as descobriu, o que significam essas letras? – perguntou Gregson num tom desdenhoso.

– O que significam? Bem, certamente aqui seria escrito o nome *Rachel*, mas quem o escreveu deve ter sido interrompido antes de terminá-lo. Ouçam o que digo: quando este caso for esclarecido, verão que uma mulher chamada Rachel está envolvida no assunto. Ria à vontade, sr. Sherlock Holmes. Pode ser muito esperto e inteligente, mas depois de tudo encerrado, verá que o velho cão de caça se saiu muito melhor.

– Peço que me desculpe! – disse meu companheiro, que irritara o homenzinho com um acesso de riso. – Evidentemente, é seu o crédito de ser o primeiro a descobrir esse detalhe e, como disse, tudo indica que a palavra foi escrita pelo outro participante do mistério da noite passada. Ainda não tive tempo de examinar esta sala mas, com a sua permissão, é o que farei agora.

Enquanto falava, tirou do bolso uma fita métrica e uma grande lente de aumento redonda. Munido dos dois instrumentos, passou a caminhar rápida e silenciosamente pela sala, parando de vez em quando, ajoelhando-se algumas vezes e, em uma delas, estirando-se de bruços no assoalho. Estava tão absorto em sua atividade que parecia ter esquecido a nossa presença, porque falava baixinho o tempo todo consigo mesmo, soltando uma série de exclamações, resmungos, assobios e gritos sufocados de animação e esperança.

Enquanto o observava, não pude deixar de compará-lo a um bem-treinado cão de caça, quando anda de um lado para outro farejando a presa escondida, ganindo de ansiedade, até encontrar o rastro perdido. Holmes prosseguiu em sua pesquisa durante uns bons vinte minutos, medindo, com o maior cuidado, distâncias entre marcas totalmente invisíveis para mim e, volta e meia, usando sua fita métrica nas paredes, de modo também incompreensível. Em um ponto, recolheu cuidadosamente um montículo de poeira acinzentada do chão, guardando tudo em um envelope. Por fim, examinou com a lente a palavra escrita na parede, verificando atentamente cada letra. Feito isto, pareceu dar-se por satisfeito, porque guardou a fita métrica e a lente no bolso.

Via-se uma única palavra, rabiscada em letras de vermelho-sangue: RACHE.
Ilustração de David Henry Friston.

– Dizem que o gênio consiste em uma capacidade infinita para o trabalho paciente – observou com um sorriso. – Como definição é péssima, embora se aplique ao ofício de detetive.

Gregson e Lestrade tinham observado as manobras de seu colega amador com muita curiosidade e certo desdém. Evidentemente, não percebiam que os mínimos gestos de Sherlock Holmes – algo que eu começava a compreender – tinham sempre alguma finalidade prática e definida.

– O que pensa de tudo isto? – perguntaram os dois.

– Eu estaria lhes roubando os méritos do caso se pretendesse ajudá-los – observou meu amigo. – Conduziram-se tão bem até agora que seria lamentável a interferência de mais alguém. – Havia um mundo de sarcasmo em suas palavras. – Se me puserem a par de suas investigações – prosseguiu –, terei o máximo prazer em ajudá-los como for possível. Nesse meio tempo, eu gostaria de falar com o policial que encontrou o corpo. Poderiam fornecer seu nome e endereço?

Lestrade consultou seu caderno de notas.

– John Rance – disse. – Está de folga agora. Poderá encontrá-lo em Audley Court, 46, Kennington Park Gate.

Holmes anotou o endereço.

– Vamos, doutor – disse para mim. – Vamos falar com Rance. Quero dizer-lhes uma coisa que talvez possa ajudá-los no caso – acrescentou, virando-se para os dois detetives.

– Aqui houve um homicídio e o assassino era um homem. Tem mais de 1,80 m de altura, é relativamente novo, com pés pequenos para sua altura, usa botinas grosseiras, de bico quadrado, e fumava um charuto Trichinopoly. Chegou aqui com sua vítima em uma carruagem de quatro rodas, puxado por um cavalo com três ferraduras velhas e uma nova, na pata dianteira esquerda. Com toda probabilidade, o assassino tem o rosto corado e as unhas da mão direita são bastante compridas. Estes são apenas alguns detalhes, mas que podem ajudar.

Lestrade e Gregson entreolharam-se com um sorriso de incredulidade.

– Se o homem foi assassinado, como aconteceu? – perguntou o primeiro.

– Veneno – disse Sherlock Holmes, lacônico.

Caminhou para a porta.

– Mais uma coisa, Lestrade – acrescentou, virando-se antes de sair: – "Rache" quer dizer "vingança" em alemão; portanto, não perca seu tempo procurando uma senhorita Rachel.

Após este último disparo, Holmes afastou-se, deixando para trás os dois rivais boquiabertos.

4

O que John Rance tinha para revelar

Era uma hora da tarde, quando saímos do número 3 de Lauriston Gardens. Sherlock Holmes me levou à agência telegráfica mais próxima, de onde despachou um longo telegrama. Depois fez sinal para um táxi e ordenou ao condutor que nos levasse ao endereço fornecido por Lestrade.

– Nada como uma evidência de primeira mão – comentou ele. – Na verdade, já formei minha opinião sobre este caso, mas nunca é demais sabermos tudo que há para descobrir.

– Você me surpreende, Holmes – observei. – Sem dúvida, não tem muita certeza sobre os detalhes que acabou de fornecer aos detetives.

– Não há qualquer margem para erro – respondeu ele. – Ao chegar lá, a primeira coisa que percebi foi que uma carruagem tinha feito dois sulcos com as rodas perto da esquina. Ora, até a noite passada, tivemos uma semana sem chuva, de modo que aquelas rodas só deixariam marcas tão fundas se tivessem sido feitas durante a noite. Havia também marcas dos cascos de um cavalo. O contorno de uma das marcas estava desenhado com mais nitidez que o das outras três, o que indicava uma ferradura nova. Já que uma carruagem parara ali depois de começar a chover, e não tendo parado mais durante a manhã (Gregson foi positivo quanto a isto), ela deve ter estado lá durante a noite e, por conseguinte, conduziu os dois indivíduos até a casa.

– Visto assim, parece bem simples – murmurei –, mas, e quanto à altura do outro homem?

– Ora, em nove entre dez casos, podemos avaliar a altura de um homem pelo tamanho de seus passos. Trata-se de um cálculo bem simples, mas não vou entediá-lo com números. Eu tinha o comprimento dos passos do indivíduo na argila do jardim e na poeira do assoalho da sala. Além disso, eu tinha outros elementos para confirmar a exatidão de meus cálculos. Quando um homem escreve em uma parede, o instinto o leva a escrever à altura dos olhos. Muito bem, aquela inscrição estava a cerca de 1,80 metro do chão. Foi uma brincadeira de criança.

– E sobre a idade? – perguntei.

– Se um homem consegue dar passadas de 1,20 metro sem o menor esforço, tem que estar em plena forma física. Era essa a largura de uma poça no jardim. Botinas de verniz a contornaram e biqueiras quadradas a saltaram. Afinal, não há mistério algum nisso. Estou apenas aplicando à vida diária alguns dos preceitos sobre observação e dedução que eu recomendava naquele artigo. Há algo mais que o esteja intrigando?

– E em relação a unhas e o charuto Trichinopoly? – falei.

– A inscrição na parede foi feita pelo dedo indicador de um homem, molhado em sangue. Com a lupa, pude observar que o reboco havia sido ligeiramente arranhado durante a escrita, o que não aconteceria se ele estivesse com as unhas aparadas. Recolhi um pouco da cinza espalhada no assoalho. Era de cor escura e em escamas... uma cinza idêntica à produzida por um Trichinopoly. Fiz um estudo especial sobre cinzas de charuto. Até escrevi um artigo a respeito. Gabo-me de poder identificar, à primeira vista, a cinza de qualquer marca conhecida de charuto ou tabaco. É exatamente nesses detalhes que está a diferença entre um detetive especializado e os do tipo que Gregson e Lestrade personificam.

– E quanto ao rosto corado? – perguntei.

– Essa chutei um pouco, embora eu não tenha dúvidas de que estava certo. Não me pergunte como, no estágio atual do caso.

Passei a mão pela testa.

– Minha cabeça é um redemoinho! – comentei.

– Quanto mais penso no caso, mais misterioso me parece. Como é que os dois homens – se é que foram mesmo dois – conseguiram entrar em uma casa vazia? O que aconteceu com o cocheiro que os levou até lá? Como um homem poderia obrigar outro a tomar veneno? De onde veio o sangue? Qual o motivo do crime, já que não houve roubo? Como aquela aliança de mulher foi parar ali? E, acima de tudo: por que o segundo homem escreveria a palavra alemã RACHE antes de dar o fora? Confesso que não vejo nenhuma maneira possível de ligar todos estes fatos.

Meu companheiro sorriu de modo aprovador.

– Você descreveu as dificuldades da situação de maneira clara e resumida – disse. – Ainda há muitos pontos obscuros, embora eu já tenha opinião formada sobre os fatos principais. Quanto à descoberta do pobre Lestrade, não passa de um indício falso, a fim de pôr a polícia na pista errada ao sugerir que aquilo era obra de socialistas ou de sociedades secretas. Aquilo não foi feito por um alemão. O "A", caso tenha percebido, estava impresso mais ou menos segundo a escrita alemã. Ora, um verdadeiro alemão invariavelmente usa caracteres latinos para letras de imprensa. Assim sendo, posso afirmar com segurança que não foi um alemão quem fez a inscrição, mas um imitador grosseiro, que exagerou no seu papel. Foi simplesmente um golpe de astúcia para despistar a investigação. Não vou lhe dizer muito mais sobre o caso, doutor. Como sabe, um mágico perde prestígio quando seu truque é desvendado. Se eu lhe explicar muita coisa sobre o meu método de trabalho, acabará concluindo que, afinal de contas, sou uma pessoa bem vulgar.

– Eu jamais pensaria uma coisa dessa – respondi.

– Seria impossível alguém aproximar mais a dedução de uma ciência exata do que você fez.

Meu companheiro corou de prazer ao ouvir minhas palavras e ao perceber o meu tom sincero. Eu já notara que ele era tão sensível aos elogios feitos à sua arte quanto uma jovem a respeito da própria beleza.

– Eu lhe direi mais uma coisa – acrescentou Holmes. – "Botinas de verniz" e "Biqueiras quadradas" chegaram no mesmo táxi e seguiram juntos pelo caminho do jardim do jeito mais amistoso possível, talvez até de braços dados. Quando entraram na casa, ficaram andando de um lado para o outro na sala – ou melhor, "Botinas de verniz" ficou parado, enquanto "Biqueiras quadradas" ia e vinha. Pude ler tudo isso na poeira; como li também que, quanto mais ele andava, mais eufórico ia ficando. Isto foi revelado pela largura cada vez maior das passadas. Ficou falando o tempo todo e, sem dúvida, cada vez ficava mais encolerizado. Então, ocorreu a tragédia. Contei-lhe tudo o que sei até agora, porque o resto não passa de suposições e conjecturas. De qualquer modo, já temos uma boa base para começar a trabalhar. Precisamos nos apressar, porque pretendo ouvir Norman Neruda esta tarde, em um concerto no Halle.

Esta conversa ocorreu enquanto nosso táxi abria caminho por uma longa sucessão de ruas sujas e becos sombrios. No mais sujo e sombrio de todos, nosso cocheiro parou de repente.

– Audley Court fica ali – anunciou, apontando para uma fenda estreita na fileira de tijolos desbotados. – Estarei aqui quando voltarem.

Audley Court não era um lugar atraente. A passagem estreita nos levou a um pátio quadrado, com piso de lajes e cercado de moradias sórdidas. Abrimos caminho por entre bandos de crianças sujas e varais com roupas desbotadas, até chegarmos ao número 46. A porta da casa exibia uma pequena placa de latão com o nome Rance gravado.

Soubemos que o policial estava na cama e fomos conduzidos a uma saleta, a fim de esperá-lo. Ele surgiu pouco depois, parecendo um pouco irritado por ter sido acordado.

– Já apresentei meu relatório no posto – declarou.

Holmes tirou meia libra do bolso e brincou pensativamente com a moeda.

– Pensamos que seria melhor ouvir tudo de sua própria boca – disse.

– Terei o máximo prazer em ajudá-lo no que puder – respondeu o policial, de olhos fixos na pequena moeda de ouro.

– Basta que nos conte a seu modo o que aconteceu.

Rance se sentou no sofá de crina e franziu a testa, como que decidido a não omitir o menor detalhe em seu relato.

– Contarei desde o início – falou. – Minha ronda vai de dez da noite às seis da manhã. Às 23 horas, houve uma briga no White Hart mas, fora isso, tudo continuou tranquilo na minha área. Começou a chover à uma da madrugada e então encontrei Harry Murcher - ele faz a ronda em Holland Grove - e ficamos conversando na esquina da Henrietta Street. Um pouco mais tarde - por volta de duas horas, mais ou menos - achei que devia dar uma espiada e ver se estava tudo calmo na Brixton Road. Estava tudo enlameado e deserto. Não vi ninguém durante a minha caminhada, embora um ou dois táxis passassem por mim. Ia andando devagar, pensando que uma dose de gim quente me faria bem quando, de repente, uma nesga de luz me chamou a atenção, bem na janela daquela casa. Ora, eu sabia que as duas casas em Lauriston Gardens estavam vazias porque o proprietário não quer mandar limpar os esgotos, embora o último inquilino de uma delas tenha morrido de tifo. Fiquei perplexo ao ver a luz na janela, o que me fez desconfiar de que algo estava errado. Quando cheguei à porta...

- Parou e depois voltou até o portão do jardim - interrompeu meu companheiro. - Por que fez isso?

Rance teve um sobressalto e fixou os olhos arregalados em Sherlock Holmes, com o espanto estampado no rosto.

- Foi isso mesmo! - exclamou. - E só Deus sabe como descobriu isso! Bem, quando cheguei à porta, estava tudo tão quieto e deserto que pensei que era um mau negócio não ter ninguém ali comigo. Não tenho medo de nada no mundo dos vivos, mas fiquei pensando que bem podia ser o sujeito que morreu de tifo inspecionando os esgotos que o mataram. A ideia me deixou apavorado e voltei ao portão para ver se avistava a lanterna de Murcher. Mas não havia o menor sinal dele nem de mais ninguém.

- Não viu ninguém na rua?

- Nem uma alma e nem ao menos um cachorro. Então, tomei coragem, voltei e abri a porta. Estava tudo quieto lá dentro, de modo que fui até a sala onde a luz estava brilhando. Havia uma vela tremeluzindo no consolo da lareira... era uma vela de cera vermelha... e com a sua luz, eu vi...

- Sei tudo o que você viu. Deu várias voltas pela sala, ajoelhou-se junto ao corpo, depois foi até a cozinha, verificou a porta e então...

John Rance levantou-se de um salto, com ar amedrontado e um olhar cheio de desconfiança.

- Onde estava escondido para ver tudo isso? - exclamou. - Está me parecendo que sabe muito mais do que deveria.

Holmes riu e jogou seu cartão de visita sobre a mesa, na direção do policial.

- Não vá me prender pelo assassinato - disse.

- Sou um dos cães de caça e não o lobo. Gregson e Lestrade poderão confirmar o que digo.

- Muito bem, prossiga. O que fez depois?

Rance sentou-se outra vez, mas não perdeu a expressão intrigada.

– Voltei ao portão e usei meu apito. Isso fez com que Murcher e mais dois viessem ao meu encontro.

– A rua estava vazia nesse momento?

– Bem, estava tanto quanto é possível em relação a pessoas que valem a pena.

– O que quer dizer?

Um sorriso surgiu no rosto do policial.

– Já vi muitos bêbados por aí – explicou –, mas nunca um como aquele. Quando cheguei, o sujeito estava no portão, encostado às grades, cantando a plenos pulmões a *New-fangled Banner,* ou algo parecido. Mal conseguia ficar em pé, quanto mais ajudar em alguma coisa.

– Que tipo de homem era ele? – perguntou Sherlock Holmes.

John Rance pareceu um tanto irritado com esse questionamento.

– Um beberrão dos piores – respondeu. – Teria sido levado diretamente para o posto policial, se não tivéssemos coisa mais importante para fazer.

– O rosto dele, suas roupas... não reparou em nada? – perguntou Holmes, impaciente.

– É claro que reparei, já que tive de erguê-lo, com ajuda de Murcher. Era um sujeito alto, de rosto muito corado, mas com a parte inferior escondida por uma echarpe que...

– Já basta! – exclamou Holmes. – O que foi feito dele?

– Não íamos ficar cuidando de um bêbado justamente naquela hora – respondeu o policial numa voz ofendida. – Imagino que tenha encontrado o caminho de volta para casa.

– Como estava vestido?

– Tinha um sobretudo marrom.

– E um chicote na mão?

– Chicote? Hum... não.

– Então, deve tê-lo largado em algum lugar – murmurou meu companheiro. – Chegou a ver ou ouvir um táxi depois disso?

– Não.

– Aqui tem meia libra de ouro – disse meu companheiro, levantando-se e apanhando seu chapéu. – Receio que você não suba muito na força policial, Rance. Devia usar também a cabeça, em vez de tê-la apenas como enfeite. Na noite passada, poderia ter ganhado suas divisas de sargento. O homem que teve nas mãos é o mesmo que possui a chave deste mistério, aquele que estamos procurando. Agora não adianta discutirmos isto, mas eu lhe garanto que é como falei. Vamos, doutor.

Fomos andando na direção do táxi, deixando nosso informante incrédulo, mas visivelmente perturbado.

– Que grande imbecil! – exclamou Holmes, em tom amargo, enquanto voltávamos para casa. – Pensar que teve uma oportunidade de ouro nas mãos e não soube aproveitá-la!

– Pois eu continuo no escuro – disse. – É verdade que a descrição do homem combina com a ideia que você fez do segundo personagem do mistério. Mas por que ele voltaria à casa depois que saiu? Não é assim que agem os criminosos.

– A aliança, homem, a aliança! Ele voltou para recuperá-la. Enfim, se não tivermos outro meio de capturá-lo, sempre podemos atraí-lo com a aliança. Vou pegá-lo, doutor... aposto dois contra um como o agarro. Fico-lhe muito grato por tudo. Só fui a Lauriston Gardens por sua causa, e se não tivesse ido, teria perdido o estudo mais interessante que já encontrei: um *estudo em vermelho,* hein? Ora, por que não usarmos um pouco a linguagem artística? Temos o fio vermelho do crime enredando-se na meada descolorida da vida, e nossa obrigação é desemaranhar, isolar, expondo-o em toda a sua extensão. Muito bem, vamos ao nosso almoço, e depois, a Norman Neruda. Seu ataque e sua execução musical são esplêndidos. Como é mesmo aquela pequena peça de Chopin que ela interpreta de modo tão magistral? *Trala-la-li-ra-la...*

Recostado no assento do táxi, aquele cão de caça amador ficou cantarolando como uma cotovia, enquanto eu meditava sobre as muitas facetas da mente humana.

5

O anúncio atrai um visitante

O esforço daquela manhã foi demais para a minha frágil saúde, por isso à tarde eu estava exausto. Depois que Holmes saiu para o concerto, deitei-me no sofá disposto a dormir por umas duas horas. Foi uma tentativa vã. Tudo que havia sucedido me deixara tão eufórico que as mais estranhas fantasias e suposições povoavam minha mente. Toda vez que eu fechava os olhos, via diante de mim a fisionomia do homem assassinado, contraída e distorcida como a de um babuíno. A impressão provocada por aquele rosto fora tão sinistra que era difícil sentir outra coisa além de gratidão pela pessoa que removera seu dono deste mundo. Se as feições humanas alguma vez já revelaram o vício em seu aspecto mais malévolo, sem dúvida eram as de Enoch J. Drebber, de Cleveland. Mesmo assim, eu reconhecia que era preciso fazer justiça, e que a depravação da vítima não constituía atenuante aos olhos da lei. Não havia sinais de luta nem a vítima tinha em sua posse uma arma com que pudesse ter ferido o adversário. Enquanto todas estas questões estavam sem resposta, senti que dormir não seria fácil, tanto para Holmes como para mim. A sua calma e autoconfiança convenceram-me de que já formara uma teoria que explicava todos os fatos, embora, nem por instantes, eu pudesse fazer ideia do que se tratava.

Ele regressou muito tarde, tão tarde que eu sabia que o concerto não o podia ter retido todo aquele tempo. O jantar já estava na mesa antes de ele aparecer. Enquanto se sentava à mesa, disse:

– Foi incrível! Lembra-se do que Darwin diz sobre a música? Segundo ele, a capacidade de produzi-la e apreciá-la já existia entre a raça humana muito antes de existir a faculdade da linguagem. Talvez seja por isso que nos sentimos tão sutilmente influenciados por ela. Certamente, nossas almas guardam lembranças vagas daqueles séculos envoltos em brumas, quando o mundo ainda estava na infância.

– É uma ideia muito vasta! – observei.

– Nossas ideias precisam ser tão vastas quanto a natureza, se quisermos interpretá-la – respondeu ele. – O que há com você? Não me parece o mesmo. Sem dúvida, esse caso da Brixton Road o deixou perturbado.

– Para ser franco, deixou mesmo – falei. – Depois de minhas experiências no Afeganistão, eu devia estar mais calejado. Vi meus camaradas serem dizimados na batalha de Maiwand e não perdi a calma.

– Posso compreender. Aqui há um mistério que estimula a imaginação, e onde não há imaginação, não há pavor. Já viu o jornal da noite?

– Ainda não.

– Faz um relato bastante detalhado do caso, mas não menciona o fato de que uma aliança de mulher caiu no chão quando levantaram o corpo. Melhor assim!

– Por quê?

– Veja este anúncio – respondeu ele. – Mandei publicá-lo esta manhã em todos os jornais, logo após a ocorrência.

Atirou o jornal na minha direção por cima da mesa, e passei os olhos pelo ponto indicado. Era o primeiro anúncio da coluna de Achados:

"Foi encontrada esta manhã na Brixton Road uma aliança de ouro, no trajeto entre a Taberna White Hart e Holland Grove. Procurar o Dr. Watson na Baker Street, 221 B, entre oito e nove desta noite."

– Desculpe-me por ter-me servido do seu nome – disse ele. – Se publicasse o meu, alguns desses idiotas o reconheceriam e se intrometeriam no caso.

– Está tudo bem – falei. – Mas, se aparecer alguém, eu não tenho nenhuma aliança comigo.

– Oh, é claro que tem! – ele disse, estendendo-me uma. – Esta servirá perfeitamente. É quase uma cópia da outra.

– E quem você acha que virá buscá-la?

– Ora, o homem do sobretudo marrom... nosso amigo corado de biqueiras quadradas. Senão aparecer em pessoa, enviará um cúmplice.

– Talvez ele ache arriscado demais.

– De modo algum. Se minha opinião estiver correta – e tenho todos os motivos para acreditar que está –, esse homem preferirá arriscar qualquer coisa a perder a aliança. Segundo imagino, ele a deixou cair enquanto se debruçava sobre o corpo de Drebber e não deu por falta dela na hora. Ao sair da casa, percebeu que a perdera e voltou rapidamente, mas viu que a polícia já ocupara o lugar por sua própria culpa, ao deixar a vela acesa. Então, teve que fingir que estava bêbado para afastar as suspeitas que devem ter surgido quando o viram junto ao portão. Agora, ponha-se no lugar dele. Refletindo sobre o assunto, deve ter-lhe ocorrido que poderia ter perdido a aliança na rua, depois de sair da casa. O que fazer então? Examinar ansiosamente os jornais da noite, na esperança de encontrá-la na coluna dos objetos achados. Garanto como os olhos do nosso homem brilharam quando ele viu o meu anúncio. Ele deve ter ficado eufórico. Por que temer uma armadilha? Em sua opinião, não haveria nenhum motivo para se pensar que a aliança encontrada tenha alguma ligação com o crime. Ele virá. Você o verá dentro de uma hora.

– E depois? – perguntei.

– Oh, não se preocupe. Eu me encarrego dele. Tem alguma arma?

– Tenho meu velho revólver do exército e alguns cartuchos.

– Seria conveniente limpá-lo e carregá-lo. O homem deve estar desesperado, e embora eu o pegue desprevenido, é melhor ficar preparado para uma emergência.

Fui para o meu quarto e segui seu conselho. Quando voltei com a arma, a mesa já estava arrumada e Holmes se entretinha em sua ocupação favorita de arranhar o arco no violino.

– Os acontecimentos estão se precipitando – anunciou quando entrei. – Acabo de receber resposta ao telegrama que mandei para os Estados Unidos. Minha opinião sobre o caso estava correta.

– E qual é sua opinião? – perguntei, ansioso.

– Meu violino precisa de cordas novas – observou ele. – Ponha seu revólver no bolso. Quando o sujeito chegar, dirija-se a ele com naturalidade e deixe o resto comigo. Não vá amedrontá-lo, encarando-o fixamente.

– São oito horas – falei, consultando meu relógio.

– Exato. Talvez ele chegue dentro de mais alguns minutos. Abra a porta e deixe-a entreaberta. Assim. Agora, deixe a chave do lado de dentro. Obrigado! Vê? Descobri este livro antigo e curioso em um quiosque, ontem – *De Jure inter Gentes* – publicado em latim, em Liége, nos Países Baixos, em 1642. Imagine, Carlos I ainda tinha a cabeça sobre os ombros quando imprimiram este livreto de capa marrom...

– Quem o imprimiu?

– Philippe de Croy. Não faço a mínima ideia de quem ele era. Na primeira página em branco está escrito em tinta quase apagada: *Ex libris Guliolmi Whyte*. Quem teria sido Guliolmi Whyte? Imagino que algum advogado pragmático do século XVII. Sua letra mostra um traço jurídico na caligrafia. Bem, acho que aí vem o nosso homem!

Enquanto ele falava, tocaram com força a sineta da entrada. Sherlock Holmes levantou-se silenciosamente e moveu sua cadeira na direção da porta. Ouvimos a criada passar pelo corredor e depois o estalido seco do trinco sendo aberto.

– O Dr. Watson mora aqui? – perguntou uma voz clara, embora um pouco áspera.

Não ouvimos a resposta da criada, mas a porta se fechou e alguém começou a subir a escada. Os passos eram vacilantes e arrastados. Uma expressão de surpresa passou pelo rosto de meu amigo quando os ouviu. Os passos se aproximaram lentamente pelo corredor e escutamos uma leve pancada na porta.

– Entre! – exclamei.

Em vez do homem violento que esperávamos, entrou na sala uma mulher bastante idosa e enrugada, coxeando. Pareceu ofuscada pela brilhante claridade repentina do aposento e, após uma mesura, ficou piscando os olhos lacrimosos e remexendo nos bolsos com dedos nervosos e trêmulos. Olhei com o rabo dos olhos para o meu amigo e vi seu rosto assumir uma expressão tão desconsolada que mal pude manter a seriedade.

A senhora exibiu finalmente um jornal noturno e apontou para nosso anúncio.

– Foi isto que me trouxe aqui, bondosos cavalheiros – disse, fazendo outra mesura –, uma aliança encontrada na Brixton Road. Pertence à minha filha Sally, casada faz apenas um ano. Seu marido é camareiro de um navio da União e nem sei o que diria se voltasse e a encontrasse sem sua aliança. Em seu estado normal ele não é dos mais delicados, e piora muito quando bebe... Se querem saber, ela ontem foi ao circo com...

– A aliança é esta? – perguntei.

– Deus seja louvado! – exclamou a velha. – Esta noite, Sally será uma mulher feliz... Sim, é ela mesma.

– Qual é o seu endereço? – perguntei, pegando um lápis.

– Duncan Street, 13, em Houndsditch. É um bocado longe daqui.

– A Brixton Road não fica no trajeto entre qualquer circo e Houndsditch – observou Holmes com rispidez.

A velha virou o rosto e o encarou fixamente, com seus olhinhos circundados de vermelho.

– O cavalheiro perguntou o meu endereço – falou. – Sally mora em uma pensão em Mayfield Place, 3. Fica em Peckham.

– E seu nome é...?

– Meu sobrenome é Sawyer... o dela é Dennis, desde que se casou com Tom Dennis. É um excelente rapaz, muito direito também quando está no mar, e nenhum camareiro da companhia lhe passa à frente. Mas em terra, quando se envolve com mulheres e bebidas...

– Aqui tem a sua aliança, Sra. Sawyer – interrompi, atendendo a um sinal de meu companheiro. – Está claro que pertence à sua filha e fico feliz em poder devolvê-la ao legítimo dono.

Murmurando uma porção de agradecimentos e bênçãos, a velha guardou a aliança no bolso e arrastou-se pelos degraus abaixo. Sherlock Holmes levantou-se rapidamente assim que ela desapareceu e precipitou-se para seu quarto. Voltou em poucos segundos, envolto em seu impermeável e com um cachecol em torno do pescoço.

– Vou segui-la – disse, apressado. – Ela deve ser uma cúmplice e me levará ao homem.

– Espere por mim.

Mal a porta do corredor se fechara atrás de nossa visitante e Holmes já descia a escada. Espiando pela janela, pude vê-la arrastando-se com dificuldade do outro lado da rua, enquanto seu perseguidor furtivo caminhava um pouco atrás. Pensei:

"Se toda a teoria dele não estiver errada, Holmes está agora sendo levado para o centro do mistério."

Não era preciso que ele me pedisse para esperá-lo, porque descobri que seria impossível dormir enquanto não soubesse o resultado de sua aventura.

Holmes saíra quase às 21 horas e eu não fazia a mínima ideia de quando voltaria, mas continuei fumando impassível o meu cachimbo e folheando as páginas de *Vie de Bohème,* de Henri Murger. Soaram as 22 horas e ouvi os passos rápidos da criada a caminho da cama. Às 23 horas, as passadas mais solenes da senhoria atravessaram o corredor rumo a destino idêntico. Era quase meia-noite quando ouvi o ruído seco da chave de Holmes girando na fechadura. Assim que entrou, vi no seu rosto que ele não se saíra bem. Divertimento e decepção pareciam debater-se para ver quem levava a melhor e, vencendo o primeiro, ele explodiu numa gargalhada jovial.

– Por nada no mundo deixaria que o pessoal da Scotland Yard soubesse do que houve! – exclamou, deixando-se cair na poltrona. – Já zombei tanto deles que nunca mais esqueceriam o meu fracasso. Mas posso rir agora porque, a longo prazo, eu é que levarei a melhor.

– Afinal, o que aconteceu? – perguntei.

– Oh, não me importo de contar uma história contra mim mesmo. Aquela criatura não tinha andado muito quando começou a coxear ainda mais e dar todos os sinais de estar com os pés doloridos. Parou um pouco depois e fez sinal para uma carruagem que passava. Consegui aproximar-me o suficiente para ouvir o endereço, mas nem precisaria ficar tão ansioso, porque ela o anunciou numa voz suficientemente alta para ser ouvida do outro lado da rua: "Leve-me à Duncan Street, 13, em Houndsditch, cocheiro!"

– Pensei que tudo aquilo começava a parecer autêntico e, vendo-a entrar em segurança na carruagem, encarapitei-me na traseira. Todo detetive deveria ser perito nesta arte. Bem, lá fomos nós sacolejando, sem parar uma só vez, até chegarmos à rua em questão. Pulei para o chão antes de chegarmos à porta e fiz o resto do trajeto a pé, caminhando tranquilamente. Vi a carruagem parar. O cocheiro saltou da boleia, abriu a porta e ficou parado, esperando. Mas ninguém saiu lá de dentro. Quando me aproximei, ele vasculhava freneticamente o veículo vazio, enquanto soltava o mais selecionado repertório de pragas que jamais ouvi. Não havia o menor sinal de sua passageira e, se não me engano, ele ainda levará muito tempo para receber o pagamento pela corrida. Pedindo informações no número 13, ficamos sabendo que a casa pertencia a um respeitável forrador de paredes chamado Keswick, e que ali não conheciam ninguém com os sobrenomes Sawyer ou Dennis.

– Está querendo dizer – falei, perplexo –, que aquela velha fraca e capenga foi capaz de saltar da carruagem em movimento sem que você ou o cocheiro a vissem?

– Velha uma ova! – replicou Sherlock Holmes com rispidez. – Nós é que bancamos duas velhas tolas. Devia ser um homem novo, além de ágil e excelente ator. Um disfarce perfeito. Sem dúvida, percebeu que era seguido e apelou para esse truque, a fim de despistar-me. Isto indica que o homem que procuramos não é tão solitário como imaginei, porque tem amigos prontos a arriscar-se por ele. Bem, doutor, vejo que parece esgotado. Se quer um conselho, vá dormir!

Eu me sentia realmente cansado e aceitei o conselho. Deixei Holmes sentado diante da lareira e, já tarde da noite, ouvi os gemidos sufocados e melancólicos de seu violino, indicando que ele ainda analisava o estranho problema que se dispusera a resolver.

6

Tobias Gregson mostra o que sabe fazer

No dia seguinte, os jornais só falavam de "O Mistério de Brixton". Cada um deles fazia um longo relato do caso e alguns acrescentavam comentários. Havia neles alguns detalhes que eu não conhecia. Em meu álbum de recortes ainda guardo vários deles, e também registros relativos ao caso. Vejam um resumo de alguns:

O *Daily Telegraph* observava que, na história do crime, raramente se vira uma tragédia com características mais estranhas. O nome alemão da vítima, a aparente ausência de outros motivos e a sinistra inscrição na parede, tudo parecia indicar que o homicídio fora perpetrado por refugiados políticos e revolucionários. Os socialistas tinham várias ramificações na América e, sem dúvida, o morto infringira suas leis não escritas, e fora então rastreado por eles. Após alusões superficiais ao Vehmgericht, à água-tofana,1 aos carbonários, à marquesa de Brinvilliers, à teoria de Darwin, aos princípios de Malthus e aos assassinatos da Ratcliff Highway, o artigo terminava advertindo o governo e defendia uma vigilância mais severa dos estrangeiros na Inglaterra.

O *Standard* entendia que violências desse tipo costumavam ocorrer quando os liberais estavam no governo. Eram resultado da inquietação popular e do consequente enfraquecimento da autoridade em geral. O morto era um cidadão americano que estava na metrópole havia algumas semanas. Hospedara-se na pensão de Madame Charpentier, na Torquay Terrace, em Camberwell. Em suas viagens, era acompanhado por Joseph Stangerson, seu secretário particular. Os dois haviam se despedido da dona da pensão na terça-feira, dia 4 deste mês, partindo para a Euston Station, onde tomariam o expresso de Liverpool. Depois disso, tinham sido vistos na plataforma da estação. Nada mais se soubera deles, até que o corpo do sr. Drebber foi encontrado em uma casa vazia da Brixton Road, a muitos quilômetros de distância de Euston. Como chegara até lá ou de que maneira encontrara seu trágico destino eram circunstâncias ainda envoltas em mistério. Nada se sabia ainda sobre o paradeiro de Stangerson. "Foi com prazer que soubemos", continuava o jornal, "que os Srs. Lestrade e Gregson, da Scotland Yard, estão encarregados das investigações e, antecipadamente, estamos certos de que policiais tão competentes resolverão prontamente o caso."

O *Daily News* não tinha dúvida de que era um crime político. O despotismo dos governos continentais e o ódio que atiçava o liberalismo tinham feito com que se refugiasse na Inglaterra um grande número de homens que poderiam se tornar excelentes cidadãos, se não estivessem amargurados pelas lembranças dos sofrimentos vividos. Entre esses homens vigorava um rígido código de honra, e qualquer infração ao mesmo era punida com a morte. Era preciso fazer todos os esforços para encontrar Stangerson, o secretário, a fim de que ele confirmasse detalhes sobre os hábitos da vítima. Já fora dado um grande passo com a descoberta do endereço da casa onde ele se hospedara, isso devido inteiramente à sagacidade e à determinação do Sr. Gregson, da Scotland Yard.

Eu e Sherlock Holmes lemos essas notícias durante o café da manhã, e ele pareceu se divertir bastante com o que lia.

– Como eu lhe disse, Lestrade e Gregson é que ficariam com os méritos, houvesse o que houvesse.

– Isso depende de como tudo terminará.

– Oh, meu amigo, que diferença faz? Se o homem for agarrado, será graças aos esforços desses dois; se escapar, será apesar de seus esforços. É cara, eu ganho, e coroa, você perde. O que quer que eles façam, sempre terão admiradores. *"Un sot trouve toujours un plus sot que l'admire."* ((Um tolo encontra sempre um mais tolo que o admira).

– O que significa isto? – exclamei, porque naquele instante chegou até nós o ruído confuso de muitos passos no corredor e na escada, em meio a expressões de desagrado por parte de nossa senhoria.

– É a divisão da Baker Street da força policial dos detetives – disse meu amigo com seriedade.

Mal ele acabara de falar, irrompeu em nossa sala uma meia dúzia de meninos de rua, mais sujos e esfarrapados que já vi na vida.

– Atenção! – gritou Holmes em voz de comando. Os seis garotos esfarrapados perfilaram-se como várias estatuetas grotescas.

– Daqui por diante – disse Holmes –, vocês mandarão apenas Wiggins trazer notícias, enquanto o resto ficará esperando na rua. E então, Wiggins, descobriram?

– Não, senhor – disse um dos garotos.

– Era mais ou menos o que eu esperava. Continuem trabalhando até descobrir. Aqui está o pagamento – disse meu amigo, entregando um xelim a cada um deles. – Podem ir agora e, da próxima vez, tragam melhores informações.

Fez um gesto com a mão e eles desceram correndo pela escada como ratos. Logo depois, ouvimos suas vozes agudas soando já na rua.

– Um só desses pequenos mendigos rende mais que uma dúzia de agentes da força – observou Holmes. – A simples presença de alguém que pode ser um policial é suficiente para selar os lábios de muita gente, mas essa garotada tem trânsito livre e ouve tudo. São de uma vivacidade incomum; falta-lhes apenas organização.

– Está usando o serviço deles para o caso da Brixton Road? – perguntei.

– Exatamente. Há um ponto que preciso verificar. É apenas questão de tempo, aliás. Olá! Finalmente vamos ter novidades! Lá vem Gregson descendo a rua, com a beatitude estampada na face. Vem direto para cá, tenho certeza. Isso mesmo, está parando e... aí está ele!

Soou um toque violento da sineta e, em questão de segundos, o detetive louro subia a escada, três degraus de cada vez, até aparecer em nossa sala de estar.

– Meu caro amigo – exclamou, sacudindo a mão inerte de Holmes –, dê-me os parabéns! Consegui tornar todo esse caso claro como o dia!

Pareceu que uma sombra de ansiedade cobriu o rosto expressivo de meu amigo.

– Quer dizer que já estão na pista certa? – perguntou ele.

– Na pista certa? Como, se já temos o homem atrás das grades?

– Quem é ele?

– Arthur Charpentier, subtenente da Marinha de Sua Majestade! – exclamou Gregson pomposamente, esfregando as mãos gordas e estufando o peito.

Sherlock Holmes deu um suspiro de alívio e relaxou, sorridente. – Sente-se e aceite um destes charutos – convidou.

– Estamos ansiosos para saber como se saiu. Que tal um uísque?

– Não me faria mal nenhum – respondeu o detetive. – Os tremendos esforços nestes dois últimos dias me deixaram exausto. Não foi tanto o esforço físico, compreenda, mas a tensão mental. Sabe bem o que isto significa, Sr. Sherlock Holmes, já que nós dois trabalhamos com o cérebro.

– Suas palavras muito me honram – disse Sherlock Holmes gravemente. – Agora, conte-nos como chegou a um resultado tão gratificante.

O detetive acomodou-se na poltrona e, com ar complacente, passou a soltar baforadas de seu charuto. Então, de repente, deu uma palmada na coxa e desatou a rir.

– O mais engraçado nisso tudo – disse –, é que o tolo do Lestrade, sempre se julgando tão esperto, seguiu a pista errada! Anda atrás do secretário Stangerson, que tem tanto a ver com o caso quanto um bebê por nascer. Certamente, a esta altura já deve tê-lo agarrado. A ideia o divertia tanto que ele começou a rir até ficar sufocado.

– E como conseguiu sua pista?

– Contarei tudo, mas, naturalmente, Dr. Watson, isso fica estritamente entre nós. A primeira dificuldade que enfrentamos foi descobrir os antecedentes desse americano. Outros teriam esperado que houvesse uma resposta a seus anúncios nos jornais ou que alguém se adiantasse, prestando informações voluntariamente. Mas, não é assim que Tobias Gregson costuma trabalhar. Lembra-se da cartola que estava ao lado do morto?

– Sem dúvida – respondeu Holmes. – Fabricação de John Underwood & Sons, da Camberwell Road, 129.

A euforia de Gregson murchou.

– Pensei que não tivesse percebido o detalhe – disse. – O senhor esteve lá?

– Não.

– Ah! – exclamou Gregson, aliviado. – Pois nunca deveria deixar passar uma oportunidade, por menor que seja!

– Nada é pequeno para um grande cérebro – observou Holmes, em tom sentencioso.

– Muito bem, procurei Underwood e perguntei-lhe se vendera uma cartola, daquele tamanho e com aquelas características. Ele examinou seus livros e imediatamente encontrou o registro. A cartola fora vendida a um certo Sr. Drebber, que morava na Pensão Charpentier, em Torquay Terrace. Foi assim que consegui o endereço dele.

– Esperto... muito esperto! – murmurou Sherlock Holmes.

– Minha visita seguinte foi a Madame Charpentier – continuou o detetive. – Encontrei-a muito pálida e ansiosa. Sua filha também estava na sala. Uma beleza de moça, acreditem. Tinha os olhos vermelhos e seus lábios tremiam, quando falei com ela. Fiquei desconfiado ao reparar nesses detalhes. Deve saber muito bem o que sentimos, Sr. Sherlock Holmes, se farejamos a pista certa... uma espécie de comichão nos nervos. "Já soube da morte misteriosa de seu ex-hóspede, o sr. Enoch J. Drebber, de Cleveland?", perguntei-lhe. A mãe assentiu, parecendo incapaz de pronunciar uma só palavra. A filha debulhou-se em lágrimas.

– Mais do que nunca, tive certeza de que as duas sabiam algo sobre o assunto. "A que horas o Sr. Drebber saiu de sua casa para pegar o trem?", perguntei.

– "Às 20 horas", ela respondeu, engolindo em seco para acalmar a agitação. – "Seu secretário, o Sr. Stangerson, disse que havia dois trens... um às 21:15h e outro às 23 horas. Ele pretendia pegar o primeiro."

– "E foi essa a última vez que o viu?"

– O rosto da mulher sofreu uma terrível transformação ao ouvir a pergunta. Ela ficou completamente lívida. Só depois de alguns segundos é que ela conseguiu balbuciar uma única palavra – "foi" – e, assim mesmo, em voz rouca e estranha.

– Houve um silêncio durante algum tempo, e então a filha começou a falar em voz clara e tranquila.

– "De nada vale ficarmos com mentiras, mamãe", disse. "Sejamos francas com este cavalheiro. Nós vimos o Sr. Drebber outra vez."

– "Que Deus a perdoe!", exclamou Madame Charpentier, erguendo as mãos e deixando-se afundar em uma poltrona. "Você acaba de matar seu irmão!"

– "Arthur iria preferir que falássemos a verdade", respondeu a jovem com firmeza.

– "Será melhor contarem tudo o que sabem", falei. "As meias verdades são piores do que nenhuma. Além disso, ignoram o que sabemos a respeito."

– "Você será a única responsável por isto, Alice!", exclamou a mãe. Em seguida, virando-se para mim, disse: "Vou contar-lhe o que sei, senhor. Não pense que minha agitação por causa de meu filho signifique qualquer receio de que ele tenha tomado parte neste caso terrível. Sei que é completamente inocente. No entanto, tenho medo de que possa parecer implicado, aos seus olhos e aos olhos dos demais. Mas isso é absolutamente impossível. Seu caráter elevado, sua profissão e seus antecedentes jamais o permitiriam."

– "No momento, o que de melhor tem a fazer é expor-me claramente os fatos", respondi.

"Se seu filho for inocente, o que me disser não irá piorar a situação."

– "É melhor que nos deixe a sós, Alice", disse ela, e a filha retirou-se. "Muito bem, senhor", continuou ela, "não era minha intenção contar-lhe tudo isto, mas já que minha pobre filha tomou a iniciativa, não tenho outra saída. E, já que me decidi a falar, não omitirei nenhum detalhe."

– "É a atitude mais sensata", respondi.

– "O Sr. Drebber ficou quase três semanas hospedado aqui. Ele e seu secretário, o Sr. Stangerson, estiveram viajando pelo continente. Notei uma etiqueta de Copenhague em cada uma de suas malas, indicando que essa cidade fora sua última parada. O Sr. Stangerson era quieto e retraído, exatamente o oposto de seu patrão, lamento dizê-lo. Este tinha hábitos rudes e maneiras descorteses. Na própria noite de sua chegada, ficou ainda pior ao se embriagar e, para ser franca, depois do meio-dia dificilmente se poderia dizer que estava sóbrio. Sua maneira de lidar com as criadas era desagradavelmente livre e íntima. O pior é que ele, em pouco tempo, passou a tratar minha filha da mesma forma, dirigindo-se algumas vezes a Alice de um modo que, por sorte, ela ainda é inocente demais para compreender. Uma ocasião, ele chegou ao cúmulo de agarrá-la e abraçá-la, um insulto que levou seu próprio secretário a reprová-lo pela conduta indigna."

– "E por que motivo suportou tudo isto?", perguntei. "Imagino que possa livrar-se de seus hóspedes quando bem entender."

– Madame Charpentier enrubesceu ao ouvir minha observação.

– "Quem dera que eu o tivesse mandado embora no mesmo dia em que chegou", disse ela. "Mas cedi à tentação. Eles estavam pagando uma libra de diária cada um, isto é, 14 libras por semana, e estamos na temporada fraca. Sou viúva e tenho muitas despesas com meu filho na Marinha. Fiz o que achei melhor, porque não queria perder aquele dinheiro. Entretanto, a última façanha do Sr. Drebber passou dos limites e, por causa disso, pedi-lhe que fosse embora. Este foi o motivo de sua saída."

– "E o que aconteceu depois?"

– "Senti o coração leve quando os vi indo embora. Justamente agora meu filho estava de folga, mas não lhe contei nada sobre o ocorrido, porque ele tem gênio violento e é louco pela irmã. Quando fechei a porta atrás daqueles dois, foi como se me tirassem um peso dos ombros. Mas em menos de uma hora tocaram a sineta e fiquei sabendo que o Sr. Drebber voltara. Estava muito agitado e era evidente que havia passado da conta na bebida. Entrou na sala onde eu estava com minha filha e fez um comentário confuso sobre ter perdido o trem. Virando-se para Alice, na minha presença, propôs--lhe que fugisse com ele. 'Você é maior e, legalmente, pode agir como bem entender', disse. 'Tenho dinheiro de sobra para gastar. Não ligue para sua velha e venha comigo agora mesmo! Terá uma vida de rainha!' A pobre Alice ficou tão amedrontada que quis fugir, mas ele a agarrou pelo pulso e obrigou-a a caminhar até a porta. Gritei e, nessa hora, Arthur entrou na sala. Nem sei dizer o que aconteceu em seguida. Ouvi xingamentos e o ruído confuso de uma briga. Estava aterrorizada demais para erguer a cabeça. Quando olhei, vi Arthur rindo junto à porta, segurando uma bengala. 'Não creio que o distinto cavalheiro volte a importunar-nos', disse ele. 'Vou segui-lo para ver o que pretende.' Com estas palavras, ele apanhou o seu chapéu e saiu para a rua. Na manhã seguinte, ficamos sabendo da morte misteriosa do Sr. Drebber."

– Foram estas as declarações que ouvi de Madame Charpentier, entre muitas pausas e hesitações. Falava tão baixo às vezes que eu mal entendia as palavras. De qualquer modo, taquigrafei tudo que me disse, a fim de evitar possibilidade de engano.

– Impressionante – disse Sherlock Holmes, com um bocejo. – O que aconteceu em seguida?

– Quando Madame Charpentier terminou de falar – continuou o detetive –, percebi que tudo girava em torno de uma só questão. Encarei-a fixamente, de um modo que sempre dá resultado com as mulheres, e perguntei a que horas seu filho voltara para casa.

– "Não sei", ela respondeu.

– "Como, não sabe?"

– "Ele tem a chave da porta da rua. Não o vi chegar."

– "Então ele chegou depois que a senhora foi dormir?"

– "Sim."

– "E quando foi isso?"

– "Fui para o quarto por volta das 23 horas."

– "Quer dizer que seu filho ficou ausente pelo menos duas horas?"

– "Sim."

– "Talvez quatro ou cinco horas?"

– "Sim."

– "O que ele fez durante todo esse tempo?"

– "Não sei", ela respondeu, empalidecendo tanto que até seus lábios perderam a cor.

– Evidentemente, depois disso eu não tinha mais nada a fazer ali. Descobri onde estava o tenente Charpentier, convoquei dois agentes para me acompanharem e efetuei a prisão. Quando toquei seu ombro, aconselhando-o a ir conosco sem reagir, ele replicou prontamente:

– "Imagino que estejam me prendendo como suspeito pela morte daquele patife do Drebber."

– Como não havíamos falado nada sobre isso, suas palavras aumentaram ainda mais minhas suspeitas.

– Sem dúvida – comentou Holmes.

– Ele ainda tinha consigo a pesada bengala que, segundo sua mãe, levava ao sair atrás de Drebber. Praticamente, é como um porrete de carvalho.

– Muito bem, qual é a sua teoria?

– Minha teoria é que ele seguiu Drebber até a Brixton Road. Chegando lá, os dois tornaram a discutir e, durante a briga, Drebber deve ter recebido uma forte bengalada, talvez na boca do estômago, um golpe que o matou sem deixar marcas. Chovia tanto que não havia ninguém nos arredores, permitindo assim que Charpentier pudesse arrastar o corpo de sua vítima para a casa vazia. Quanto à vela, ao sangue, à inscrição na parede e à aliança, certamente foram artimanhas para despistar a polícia.

– Excelente! – exclamou Holmes, em tom encorajador. – Francamente, está progredindo, Gregson. Você ainda será alguém!

– Sem querer me gabar, acho que me saí bem – respondeu o detetive com orgulho. – O tenente prestou um depoimento espontâneo, declarando que, após seguir Drebber por algum tempo, este o percebeu e tomou então um táxi para livrar-se dele. Quando voltava para casa, encontrou um antigo colega de bordo, com quem fez uma longa caminhada. Ao lhe perguntarem onde morava esse antigo colega, ele não conseguiu dar uma resposta satisfatória. Creio que tudo se encaixa singularmente bem. – O que me diverte é pensar que Lestrade anda atrás de uma pista falsa. Quase posso garantir que não conseguirá grande coisa. Ora, mas era só o que faltava! Aí está ele, em carne e osso!

Era realmente Lestrade, que subira a escada enquanto conversávamos e agora entrava na sala. Entretanto, sua segurança, a desenvoltura dos trajes e da aparência haviam desaparecido. Agora, seu rosto tinha uma expressão perturbada, as roupas sujas e amarrotadas. Evidentemente, viera com a intenção de consultar Sherlock Holmes, mas ficara desconcertado ao encontrar seu colega ali. Parou no meio da sala, mexendo nervosamente no chapéu, sem saber o que fazer.

– Este é um dos casos mais extraordinários – disse por fim – e mais incompreensíveis que já vi.

– Oh, acha mesmo, Sr. Lestrade? – exclamou Gregson, triunfante. – Imaginei que chegaria a essa conclusão. Conseguiu encontrar o secretário, o Sr. Joseph Stangerson?

– O secretário, Sr. Joseph Stangerson – disse Lestrade numa voz grave –, foi assassinado no Hotel Halliday por volta das seis horas desta manhã.

7

Uma luz na escuridão

A informação trazida por Lestrade era tão grave e inesperada que nos primeiros momentos ficamos os três estatelados. Gregson levantou-se bruscamente e engoliu o resto do seu uísque com água. Quanto a mim, fiquei olhando em silêncio para Sherlock Holmes, que tinha os lábios apertados e as sobrancelhas franzidas.

– Stangerson também! – murmurou. – A trama está se complicando.

– Já estava bem complicada antes – grunhiu Lestrade, puxando uma cadeira.

– Parece que interrompi uma espécie de conselho de guerra.

– Tem certeza... do que nos contou? – gaguejou Gregson.

– Estou vindo do quarto dele – explicou Lestrade. – Fui o primeiro a ser informado do ocorrido.

– Estávamos ouvindo a opinião de Gregson sobre o assunto – comentou Holmes. – Poderia contar-nos o que viu e fez?

– Não faço objeções. Confesso francamente que, para mim, Stangerson está envolvido com a morte de Drebber. Mas este último acontecimento mostrou que estava completamente enganado. Dominado por uma única ideia, procurei descobrir o que tinha sido feito do secretário.

Os dois haviam sido vistos juntos na Euston Station por volta das 20:30h do dia 3. Às duas da madrugada, o corpo de Drebber foi encontrado na Brixton Road. Meu problema era descobrir o que Stangerson fizera entre as 20:30h e a hora do crime, e também o que fez depois disso.

Telegrafei para Liverpool, fornecendo uma descrição do homem e alertei para que vigiassem os navios americanos. Então, comecei a trabalhar, visitando todos os hotéis e pensões existentes nos arredores da Euston. Eu achava que, se Drebber e o companheiro haviam se separado, a atitude mais natural de Stangerson seria procurar alojamento nas vizinhanças da estação, e depois voltar lá na manhã seguinte.

– Era provável que os dois tivessem combinado com antecedência um ponto de encontro – ponderou Holmes.

– Exatamente. Passei toda a noite de ontem investigando, sem resultados positivos. Recomecei esta manhã bem cedo e, às oito horas, cheguei ao Hotel Halliday, na Little George Street. Quando perguntei se um certo Sr. Stangerson se hospedara lá, responderam imediatamente que sim.

– "O senhor deve ser o cavalheiro que ele esperava!, disseram. Há dois dias que ele espera alguém.

– Onde está o Sr. Stangerson no momento?, perguntei.

– No andar de cima, dormindo no seu quarto. Pediu que fosse acordado às nove horas. – Vou subir e falar com ele imediatamente, anunciei.

Eu achava que, com os nervos abalados por minha presença inesperada, ele deixaria escapar alguma coisa. O engraxate do hotel me indicou o quarto. Ficava no segundo andar, depois de um pequeno corredor. Ele me mostrou a porta e já ia descer, quando vi algo que me deixou nauseado, a despeito de meus vinte anos de experiência.

Por baixo daquela porta, saía um pequeno filete de sangue, que serpenteava pelo corredor e formava uma diminuta poça junto ao rodapé da parede fronteira. Minha exclamação involuntária fez o empregado voltar. Ele quase desmaiou quando viu o sangue. A porta estava trancada por dentro, mas nós a forçamos com os ombros e a arrombamos.

A janela do quarto estava aberta e, ao lado dela, jazia o corpo de um homem de pijama, formando um monte confuso. Estava morto e já fazia algum tempo, porque tinha os membros rígidos e frios. Quando o viramos, o empregado imediatamente o identificou como o cavalheiro que alugara o quarto com o nome de Joseph Stangerson. A causa da morte era uma punhalada profunda no lado esquerdo, que devia ter atingido o coração. E agora vem o detalhe mais estranho do caso. Podem imaginar o que havia acima do cadáver?

Senti um arrepio na pele e um pressentimento de horror iminente, mesmo antes que Sherlock Holmes respondesse.

– A palavra *RACHE* escrita em letras de sangue – disse ele.

– Exatamente! – exclamou Lestrade, em tom amedrontado.

Ficamos todos em silêncio por alguns momentos. Havia algo tão metódico e tão incompreensível nos atos do assassino desconhecido que acrescentava um tom ainda mais sinistro aos seus crimes. Meus nervos, sempre firmes no campo de batalha, estremeceram quando pensei nisso.

– O assassino foi visto – continuou Lestrade.

– Um leiteiro, a caminho da leiteria, descia pelo beco que vem das estrebarias, nos fundos do hotel. Ele percebeu então que uma escada, que sempre é deixada naquele local, estava erguida até uma janela escancarada do segundo andar. Depois de passar por ela, olhou para trás e viu um homem descendo pela escada. Descia com tamanha calma e tão à vontade, que o rapaz achou que era algum carpinteiro ou encanador, que trabalhava no hotel. Não lhe deu maior atenção, e apenas pensou que ainda era muito cedo para o homem já estar trabalhando. Teve a impressão de que ele era alto, de rosto corado e vestia um comprido sobretudo marrom. Deve ter ficado no quarto durante algum tempo depois do assassinato, porque encontramos água manchada de sangue na bacia do lavatório – sinal de que tentou lavar as mãos – e marcas nos lençóis onde ele limpou deliberadamente o seu punhal.

Olhei para Holmes ao perceber que a descrição do assassino combinava exatamente com a que fora feita por ele. Entretanto, em seu rosto não havia o menor sinal de alegria ou satisfação.

– Não encontrou nada no quarto que pudesse fornecer uma pista para o assassino? – perguntou.

– Nada. Stangerson estava com a carteira de Drebber em seu bolso, mas parece que isso era normal, porque ele cuidava de todos os pagamentos. Continha oitenta e poucas libras, e nada tinha sido retirado. Fossem quais fossem os motivos de crimes tão extraordinários, é evidente que o roubo não estava entre eles. Não encontrei papéis ou anotações nos bolsos da vítima, a não ser um telegrama de um mês atrás, enviado de Cleveland e contendo as palavras: *"J. H. está na Europa."* Não havia nome do remetente.

– Não havia mais nada? – perguntou Holmes.

– Nada que fosse importante. Um livro, que o homem lia para ajudá-lo a dormir, estava caído na cama e, em uma cadeira ao lado, seu cachimbo. Havia um copo de água na mesa e, no peitoril da janela, uma caixinha redonda de unguento, contendo duas pílulas.

Sherlock Holmes levantou-se de repente da cadeira, com uma exclamação de alegria.

– O último elo! – exclamou, exultante. – Meu caso está completo!

Os dois detetives o fitaram com espanto.

– Tenho agora nas mãos – disse meu companheiro, confiante – todos os fios que formavam esse emaranhado. É claro que ainda faltam alguns detalhes, mas tenho certeza de todos os fatos principais, desde que Drebber se separou de Stangerson na estação até a descoberta do cadáver deste. É como se tivesse visto tudo com meus próprios olhos. Darei aos senhores uma prova do que sei. Recolheu essas pílulas, Lestrade?

– Estão aqui comigo – disse Lestrade, tirando do bolso uma caixinha branca. – Fiquei com elas, com a carteira e o telegrama, com a intenção de guardá-los em lugar seguro, no posto policial. Foi por mero acaso que apanhei as pílulas, porque, com franqueza, não lhes dei nenhuma importância.

– Deixe-me vê-las – pediu Holmes. – Muito bem, doutor – disse, virando-se para mim. –Acha que são pílulas comuns?

Não eram, evidentemente. Tinham uma cor cinza pérola, eram pequeninas, redondas e quase transparentes, vistas contra a luz.

– A julgar por sua leveza e transparência, eu diria que são solúveis na água – falei.

– Exatamente – afirmou Holmes. – E agora, por favor, quer descer e trazer aquele pobre cachorrinho que está doente há tanto tempo? Ainda ontem, a senhoria pediu a você para acabar com o sofrimento dele.

Fui até o andar de baixo e tornei a subir com o pequeno terrier nos braços. O bichinho respirava com dificuldade e os olhos mortiços indicavam que seu fim estava próximo. Na verdade, o focinho esbranquiçado era um sinal de que ele já ultrapassara o período normal de existência de um cão. Coloquei-o sobre uma almofada, em cima do tapete.

– Agora, cortarei uma destas pílulas em duas partes – disse Holmes, tirando o canivete do bolso e passando das palavras à ação. Uma metade ficará na caixa, para finalidades futuras. Colocarei a outra metade neste copo de vinho, no qual há uma colher de chá de água. Podem notar que nosso caro doutor tem razão: ela se dissolve rapidamente.

– Isto pode ser muito interessante – disse Lestrade no tom ofendido de quem acha que está sendo ridicularizado. – Entretanto, não posso imaginar o que isto tem a ver com a morte do sr. Joseph Stangerson.

– Calma, meu amigo, calma! Mais algum tempo e verá que isto tem tudo a ver com o caso. Agora, acrescentarei um pouco de leite, para melhorar o gosto da mistura. Veremos que o cão a beberá sem demora.

Enquanto falava, despejou o conteúdo do copo de vinho em um pires e o colocou diante do terrier, que o lambeu rapidamente, até deixá-lo seco. A seriedade com que Holmes agia nos deixara tão impressionados que ficamos calados, observando atentamente o animal, à espera de algum efeito extraordinário. Mas, nada aconteceu. O cachorro continuou deitado na almofada, ainda respirando com dificuldade, mas nem melhor nem pior do que antes de beber a mistura.

Holmes tirara o relógio, e como os minutos passavam sem qualquer resultado, surgiu em seu rosto uma expressão de profundo aborrecimento e desapontamento. Ele mordeu os lábios, tamborilou com os dedos na superfície da mesa e exibiu vários outros sinais de impaciência. Sua emoção era tão evidente que lamentei sinceramente por ele, enquanto os dois detetives sorriam com ironia, parecendo até satisfeitos com o dilema em que ele se encontrava.

– Não pode ser coincidência! – exclamou, levantando-se bruscamente da cadeira e começando a andar pela sala com passos nervosos. – É impossível que fosse apenas uma coincidência. As mesmas pílulas de que suspeitei no caso de Drebber acabaram sendo encontradas após a morte de Stangerson. No entanto, são inócuas! O que significará isto? É claro que toda a cadeia do meu raciocínio não pode ser falsa. Seria impossível! No entanto, este cão moribundo nem ao menos piorou. Ah! É isso! Já sei!

Com um grito de pura alegria, ele correu para a caixinha, cortou a outra pílula ao meio, dissolveu-a na água, acrescentou leite e a ofereceu ao cachorrinho. A língua do pobre animal pareceu apenas tocar na mistura, e imediatamente uma forte convulsão lhe estremeceu os membros; em seguida ficou rígido e sem vida, como que fulminado por um raio.

Sherlock Holmes soltou um profundo suspiro e enxugou o suor que lhe cobria a testa.

– Eu devia ser mais confiante – falou. – A esta altura, devia saber que quando um fato parece opor-se a uma longa série de deduções, ele invariavelmente é capaz de fornecer alguma outra interpretação. Das duas pílulas dessa caixa, uma era do mais terrível veneno e a outra era absolutamente inócua. Eu deveria saber mesmo antes de ver a caixa.

Esta afirmação me pareceu tão surpreendente que mal pude acreditar que ele estava em seu juízo perfeito. Mas o cãozinho morto era uma prova de que suas hipóteses são corretas. Pouco a pouco, a névoa que toldava a minha mente foi se dissipando, e comecei a ter uma vaga, remota percepção da verdade.

– Tudo isto lhes parece estranho – continuou Holmes – porque, no início das investigações, não deram importância à única pista evidente que tinham diante dos olhos. Tive a sorte de perceber este fato, e tudo que aconteceu desde então serviu apenas para confirmar minha suposição original e, na realidade, foi a sequência lógica dessa hipótese. Por isso, as coisas que os deixaram perplexos e tornaram o caso mais obscuro serviram para esclarecer minhas dúvidas e reforçar minhas conclusões. É um erro confundir estranheza com mistério. Frequentemente, o crime mais comum é também o mais misterioso, porque não oferece nenhuma característica nova ou especial da qual se possa extrair outras deduções. Este crime seria muito mais difícil de solucionar, se a vítima simplesmente tivesse sido encontrada na rua, sem nenhuma das circunstâncias incomuns e sensacionais que o cercaram, que o tornaram extraordinário. Os detalhes estranhos, longe de complicarem o caso, na verdade tiveram o dom de torná-lo mais fácil.

Gregson escutava essa argumentação com visível impaciência e não se conteve mais.

– Escute aqui, Sr. Sherlock Holmes – disse ele. – Estamos prontos a reconhecer que é um homem inteligente e que tem seus próprios métodos de trabalho. Mas, no momento, queremos algo além da simples teorização e de discursos. Agora, a questão é apanhar o culpado. Já expus meu caso e parece que eu estava enganado. Charpentier não poderia ser acusado do segundo crime. Lestrade foi atrás do seu homem, Stangerson, e parece que ele também estava enganado. O senhor soltou indícios aqui e ali, demonstrando saber mais do que nós, mas chegou a hora em que temos o direito de fazer-lhe uma pergunta direta a respeito do que sabe sobre este assunto. Pode dar-nos o nome do culpado?

– Sinto muito, mas acho que Gregson tem razão, Sr. Holmes – observou Lestrade. – Nós dois tentamos e falhamos. Por várias vezes, desde que estamos nesta sala, o senhor afirmou que dispõe de todas as evidências necessárias para a solução. Espero que não a guarde por mais tempo.

– Qualquer demora na captura do assassino – comentei – poderia dar-lhe tempo de perpetrar novas atrocidades.

Mesmo pressionado por todos nós, Holmes continuava indeciso. Andava pela sala com a cabeça inclinada sobre o peito e a testa franzida, como costumava fazer quando estava perdido em seus pensamentos.

– Não haverá mais assassinatos – disse afinal, parando de repente. – Quanto a isso, fiquem descansados. Perguntaram se sei o nome do assassino. É claro que sei. Mas, este é um detalhe insignificante, comparado à possibilidade de o agarrarmos. É o que espero fazer dentro em pouco. Tenho esperanças de consegui-lo com meus próprios expedientes, mas é algo que deve ser conduzido com sutileza, porque estamos lidando com um homem esperto e desesperado que, como já pude comprovar, conta com o apoio de outro tão inteligente quanto ele. Enquanto o criminoso achar que ninguém tem uma pista que o incrimine, existe alguma possibilidade de apanhá-lo. Se ele tiver a mais leve suspeita, trocará de nome e desaparecerá imediatamente entre os quatro milhões de habitantes desta grande cidade. Sem querer ofendê-los, devo dizer que considero esses homens muito mais sagazes que os agentes da lei, e foi por isso que não pedi ajuda oficial. Se eu fracassar, é claro que levarei toda a culpa por essa omissão, mas estou preparado para isso. Por enquanto, posso apenas prometer que entrarei imediatamente em contato com os senhores, desde que com isso não ponha os meus planos em risco.

Gregson e Lestrade estavam longe de parecer satisfeitos com esta promessa ou com a alusão depreciativa à polícia. O primeiro ficou ruborizado até a raiz dos cabelos claros, enquanto os olhos do outro reluziam de curiosidade e ressentimento. Mas, nenhum deles chegou a dizer alguma coisa porque, antes disso, ouviu-se uma batida na porta e Wiggins, o líder dos garotos pedintes, uma figura mirrada e desagradável, entrou na sala.

– Com licença, senhor – disse ele, tocando a testa onde se espalhavam mechas de cabelos.

– O táxi está esperando lá embaixo.

– Bom garoto – disse Holmes com suavidade.

– Por que não adotam este modelo na Scotland Yard? – ele continuou, tirando um par de algemas de aço de uma gaveta. – Vejam como a mola funciona bem. Fecha-se em um instante.

– O modelo antigo é bastante bom – observou Lestrade. – Se encontrarmos o homem que irá usá-lo.

– Muito bem, muito bem – disse Holmes rindo.

– O cocheiro poderá ajudar-me com a minha bagagem. Peça a ele que suba, Wiggins.

Fiquei surpreso ao ouvir meu companheiro falar como se estivesse prestes a viajar, porque não comentara nada comigo a esse respeito. Havia uma pequena mala à vista. Ele a pegou e começou a afivelar-lhe as correias. Estava ocupado nisso quando o cocheiro entrou.

– Dê-me uma ajuda nesta fivela, cocheiro – disse, ficando de joelhos sobre a maleta e sem ao menos virar a cabeça.

O homem aproximou-se, com ar um tanto aborrecido e desafiador. Estendeu as mãos para ajudar Holmes. No mesmo instante soou um estalido seco, um entrechoque metálico e Sherlock Holmes ficou rapidamente de pé.

– Senhores! – exclamou, com os olhos brilhantes.

– Quero apresentar-lhes o Ssr. Jefferson Hope, o assassino de Enoch Drebber e de Joseph Stangerson!

Toda a cena levara apenas um instante – havia sido tão rápida que eu nem tinha entendido direito o que acontecia. Tenho uma viva recordação daquele momento, da expressão triunfante de Holmes e da euforia de sua voz, e também do rosto atônito e feroz do cocheiro, ao fitar as algemas brilhantes que apareceram em seus pulsos como que por encanto.

Durante um ou dois segundos, ficamos petrificados como um grupo de estátuas. Então, com um rugido de fúria, o prisioneiro livrou-se da mão de Holmes e precipitou-se para a janela. Vidraças e caixilhos cederam à investida, mas antes que seu corpo transpusesse inteiramente a abertura, Gregson, Lestrade e Holmes saltaram sobre ele como cães de caça.

O homem foi puxado de volta à sala, e então teve início uma luta terrível. Além de robusto, ele estava tão enfurecido que nós quatro fomos várias vezes atirados longe. O prisioneiro mostrava a força convulsiva de um homem durante um ataque epilético. Tinha o rosto e as mãos terrivelmente feridos pelas vidraças partidas, mas a perda de sangue não lhe diminuía a resistência. Foi somente quando Lestrade conseguiu agarrá-lo pela gravata, quase o estrangulando, que ele compreendeu a inutilidade de seus esforços. De qualquer modo, só nos sentimos mais seguros depois de amarrar-lhe não só os pés, mas também as mãos. Quando nos levantamos, estávamos cansados e arquejantes.

– Temos o seu táxi – disse Sherlock Holmes. – Servirá para levá-lo à Scotland Yard.

E agora, cavalheiros – acrescentou com um sorriso cordial –, chegamos ao fim do mistério. Vocês podem fazer quantas perguntas quiserem, sem o risco de que eu me recuse a respondê-las.

O prisioneiro mostrava a força convulsiva de um homem durante um ataque epilético.
Ilustração de George Hutchinson.

Hutchinson, fecit.

PARTE II

O País dos Santos

1

Na grande planície alcalina

Na região central do grande continente norte-americano estende-se um deserto árido e inóspito, que durante muitos anos constituiu uma barreira ao avanço da civilização. Da Sierra Nevada ao Nebrasca, e do rio Yellowstone, ao norte, até o Colorado, ao sul, há uma vasta área de desolação e silêncio.

A natureza não é homogênea em toda essa sinistra extensão. Ela abrange montanhas altivas e nevadas, e vales profundos e sombrios. Existem rios impetuosos que correm através de canyons acidentados, e há imensas planícies, brancas de neve no inverno e acinzentadas no verão por causa da areia salitrada e alcalina. Predominam as características comuns de uma região inóspita, inacessível, estéril e miserável.

Não há habitantes nessa terra do desespero. Um bando de Pawnees ou de Blackfeet pode cruzá-la ocasionalmente para chegar até outros campos de caça, mas até o mais bravo dos bravos entre essas tribos de peles-vermelhas sente alívio ao deixar para trás essas planícies horrendas e se ver de novo em suas pradarias. O coiote se esconde em meio à vegetação raquítica, o abutre desliza pesadamente pelo ar e o desajeitado urso cinzento rasteja pelas ravinas sombrias, recolhendo entre as rochas o que consegue encontrar para sobreviver. São eles os únicos moradores do deserto.

No mundo inteiro, talvez não haja visão mais desoladora do que a revelada na encosta norte da Sierra Blanca. Até onde a vista alcança estendem-se faixas imensas de terreno plano, pontilhado de manchas alcalinas, interrompidas por pequenos bosques de chaparrais enfezados. No limite do horizonte ergue-se uma longa cadeia de picos de montanhas, com os cumes escarpados salpicados de neve. Nesse território imenso não existe sinal de vida ou algo ligado à vida. Não há pássaros no céu azul-metálico, nenhum movimento na terra agreste e cinzenta... e reina o silêncio mais absoluto em todos os recantos. Por mais que se agucem os ouvidos, não há o menor rumor no deserto majestoso; nada, a não ser silêncio – o silêncio mais profundo e opressivo.

Foi dito antes que não havia nenhum sinal de vida nessa vasta planície, e seria a pura verdade se não existisse uma trilha que serpenteava através do deserto até perder-se na distância, que pode ser vista do alto da Sierra Blanca. Essa trilha está sulcada de rodas e batida pelos pés de muitos aventureiros. Aqui e ali, há objetos brancos espalhados pela cinzenta areia alcalina, e que reluzem ao sol. Aproxime-se e examine-os! São ossos, alguns maiores e grosseiros, outros menores e mais delicados. Os primeiros pertenceram a bois, os segundos, a homens. Pode-se seguir essa fantasmagórica rota de caravanas por quase 2.500 quilômetros guiando-se por esses despojos calcinados e espalhados dos que tombaram no trajeto.

Um viajante solitário contemplava este cenário no dia 4 de maio do ano de 1847. Pela sua aparência, ele bem poderia ser o próprio gênio ou demônio daquela região. Quem o observasse teria dificuldade em saber se ele estava mais perto dos 40 ou dos 60 anos. Seu rosto era esquálido e magro, com a pele bronzeada, semelhante a um pergaminho, repuxada sobre os ossos salientes; a barba e os cabelos, longos e castanhos, estavam estriados de branco; os olhos, fundos nas órbitas, queimavam com um brilho febril, e a mão que agarrava o rifle era quase tão descarnada quanto a de um esqueleto.

De pé, ele precisava usar a arma como apoio, mas sua estatura elevada e a constituição maciça da ossatura sugeriam um corpo vigoroso e resistente. Mas o rosto emaciado e as roupas que pendiam frouxas sobre os membros esqueléticos proclamavam o que dava a ele aquela aparência decrépita e senil. O homem estava morrendo – morrendo de fome e de sede.

Ele rastejara penosamente pela ravina mais abaixo e conseguira escalar aquela pequena elevação na vã esperança de vislumbrar algum sinal de água. Agora, a grande planície salgada estendia-se ante seus olhos e o cinturão distante das montanhas agrestes delimitava a paisagem, sem o menor sinal de vegetação que pudesse indicar a presença de umidade. Em todo aquele vasto panorama não havia um raio de esperança. Ele olhou para o norte, para leste e para o oeste com um olhar selvagem e interrogador. Percebeu então que sua caminhada chegara ao final e que morreria ali, naquele penhasco estéril.

– Por que não aqui, ou daqui a vinte anos em um colchão de plumas? – murmuro, sentando-se no abrigo formado por um pedra arredondada.

Antes de sentar-se, ele depositara no chão o rifle inútil e também um fardo volumoso, envolto em uma manta cinzenta, que viera carregando no ombro direito. Parecia pesado demais para as forças que lhe restavam, porque, ao abaixá-lo, deixou-o bater no chão com certa violência. Imediatamente, brotou do fardo cinzento um leve gemido e surgiu uma carinha amedrontada, com brilhantes olhos castanhos, e dois punhos minúsculos, cheios de covinhas.

– Você me machucou! – exclamou uma vozinha infantil, em tom de censura.

– Desculpe-me – disse ele. – Não foi por querer. Enquanto falava, desembrulhou a manta cinzenta e apareceu uma linda garotinha de uns 5 anos de idade, cujos sapatos delicados e o elegante vestido rosa com aventalzinho branco evidenciavam cuidados maternos. A criança estava pálida e abatida, mas os braços e pernas saudáveis indicavam que sofrera menos privações que o companheiro.

– Como se sente agora? – ele perguntou com ansiedade, porque a menininha continuava esfregando os cachos dourados e curtos que lhe cobriam a parte de trás da cabeça.

– Se você beijar, eu fico boa – respondeu ela, com a mais absoluta seriedade, indicando-lhe a parte dolorida. – É assim que mamãe faz. Onde está mamãe?

– Sua mãe foi embora, mas não vai demorar muito, e logo você estará com ela.

– Foi embora? –perguntou a garotinha. – Sem me dizer até logo? Ela sempre me diz até logo, mesmo quando vai tomar chá na casa da titia, mas agora já faz três dias que não volta! Ei, você não está com sede? Eu estou. Não tem água nem nada para a gente comer?

– Não, não há nada, querida. Se tiver um pouquinho de paciência, logo tudo ficará bem. Encoste sua cabecinha em mim assim, e ganhará mais coragem. Não é fácil falar quando nossos lábios estão endurecidos como couro, mas acho melhor deixar você saber em que pé andam as coisas. O que tem aí?

– Coisas bonitas! Lindas! – exclamou a garotinha, entusiasmada, erguendo para ele dois pedaços de mica. – Vou dar para meu irmão Bob, quando voltarmos para casa.

– Daqui a pouco, você estará vendo coisas mais bonitas do que estas – disse o homem com firmeza.

– É só esperar um pouco. Eu ia contar a você que... Lembra-se de quando deixamos o rio para trás?

– Claro que me lembro.

– Pois bem. Pensamos que logo encontraríamos outro rio, veja só... Mas alguma coisa deu errado: bússolas, mapas, seja o que for, a água não apareceu. A que tínhamos acabou. Ficaram apenas algumas gotas para os pequeninos como você e...

– E então você não podia mais se lavar – interrompeu gravemente a menininha, erguendo os olhos para o rosto taciturno do homem.

– E nem beber. Então, o Sr. Bender foi o primeiro a ir-se, depois o índio Pete, depois a Sra. McGregor, depois Johnny Hones e depois, querida, foi a vez de sua mãe.

– Então, mamãe também morreu! – exclamou a garotinha, escondendo o rosto no avental e começando a soluçar amargamente.

– Sim, todos se foram, menos nós dois. Então, pensei que poderia encontrar água nesta direção e vim me arrastando até aqui, com você no ombro. Bem, acho que a situação não melhorou nem um pouco. Não nos resta a menor oportunidade!

– Você quer dizer que também vamos morrer? – perguntou a criança, contendo os soluços e erguendo o rostinho lavado de lágrimas.

– Acho que não temos saída.

– Oh! Por que não disse logo? – perguntou ela, rindo alegremente. – Você me deu um susto! Bem, porque se a gente morre, logo a gente estará outra vez com mamãe.

– Sim, você estará, queridinha.

– Você também. Vou contar a ela como foi bom para mim. Aposto que ela está esperando a gente na porta do céu, com um jarro bem grande de água e uma porção de bolinhos quentes, tostados dos dois lados, como eu e Bob gostamos. Quanto tempo vai demorar?

– Não sei... mas será logo.

Os olhos do homem estavam fixos no horizonte norte. No azul da abóbada celeste haviam surgido três pequenas manchas que aumentavam de tamanho a todo instante por causa da rapidez com que se aproximavam. Logo elas se transformaram em três grandes aves escuras que começaram a voar em círculos acima da cabeça dos dois andarilhos. Depois pousaram em algumas rochas mais acima. Eram abutres, as aves de rapina do oeste, que ali apareciam como precursores da morte.

– Galos e galinhas! – exclamou a garotinha, contente, apontando para aquelas formas agourentas e batendo palmas para que voassem. – Ei, foi mesmo Deus que fez este lugar?

– Claro que foi Ele, queridinha – respondeu seu companheiro, um pouco espantado com a pergunta inesperada.

– Ele também fez o Illinois e fez o Missouri – ela continuou. – Bem, eu acho que outra pessoa fez este lugar, porque não é tão bem-feito como lá. Aqui, esqueceram de botar árvores e água.

– O que você me diz de fazer uma oração? – perguntou o homem, hesitante.

– Ainda não ficou de noite – respondeu ela.

– Que diferença faz? Na verdade, não é muito comum, mas fique certa de que Ele não se importa.

Repita as orações que dizia todas as noites, na carroça, quando estávamos nas pradarias.

– Por que você não reza também? – perguntou a criança, com olhos arregalados.

– Não me lembro mais como se reza – respondeu ele. – Eu tinha a metade do tamanho desse rifle quando fiz minha última oração. Enfim, acho que nunca é tarde demais. Comece você a rezar e irei repetindo o que disser.

– Então, tem de ajoelhar-se e eu também – disse a menininha, estendendo a manta no chão. –Veja, ponha as mãos assim. Faz a gente se sentir bem.

Era uma estranha visão, caso houvesse mais alguém para observá-la, além dos abutres. Lado a lado, os dois andarilhos ajoelharam-se na pequena manta, a menininha tagarela e o temerário e curtido aventureiro. O rostinho rechonchudo e a fisionomia angulosa se voltavam para o céu sem nuvens, em comovida súplica àquele Ser temido ante o qual se prostravam, enquanto as duas vozes, uma aguda e cristalina, a outra grave e enrouquecida, se juntavam na oração por clemência e perdão. Terminada a prece, os dois voltaram a acomodar-se à sombra da rocha, até que a criança adormeceu, aninhada contra o peito largo de seu protetor. Ele ainda lhe velou o sono por algum tempo, mas a Natureza foi mais forte. Por três dias e três noites, aquele homem não se concedera um só momento de repouso. Aos poucos suas pálpebras foram se fechando sobre os olhos cansados, a cabeça inclinou-se sobre o peito até a barba grisalha confundir-se com as tranças douradas da criança, e ambos mergulharam no mesmo sono profundo e sem sonhos.

Se o andarilho tivesse ficado acordado por mais meia hora, seus olhos veriam um estranho espetáculo. Ainda muito longe, na extremidade da planície alcalina, surgia uma pequena nuvem de poeira, tão leve no início, que mal podia ser distinguida entre as brumas da distância. Mas, aos poucos, ela foi ficando maior, até formar uma nuvem sólida e bem definida. Essa nuvem continuou a crescer até ficar evidente que só poderia ser levantada por uma grande multidão em movimento. Em regiões mais férteis, um observador chegaria à conclusão de que uma daquelas grandes manadas de búfalos que pastavam nas terras das pradarias estava se aproximando. Mas naquele terreno árido, isto era impossível. À medida que o redemoinho de poeira chegava mais perto do penhasco solitário em que os dois viajantes descansavam, começaram a surgir em meio à névoa os toldos de lona que cobriam os carroções e figuras de cavaleiros armados. A aparição, afinal, era uma grande caravana que seguia para o oeste. E que caravana! Quando seu início chegou ao sopé das montanhas, o final ainda não era visível no horizonte. O desfile de carroças e carroções, de cavaleiros e homens a pé estendia-se por toda a imensidão da planície desértica. Havia muitas mulheres cambaleando sob a carga que transportavam, crianças caminhando ao lado das carroças ou espiando por entre os toldos brancos. Evidentemente, aquele não era um grupo comum de migrantes, mas algum povo nômade, forçado pelas circunstâncias a procurar novas terras. De lá, elevava-se no ar límpido um som confuso, uma espécie de rumor, produzido por aquela massa humana, misturando-se ao rangido das rodas e aos relinchos dos animais. Mesmo assim, todo aquele barulho não foi suficiente para despertar os dois viajantes cansados que dormiam mais acima.

À frente da coluna seguiam uns vinte cavaleiros de feições graves e duras, trajando roupas escuras de tecidos grosseiros e armados de rifles. Quando chegaram à base do penhasco, pararam e fizeram uma rápida reunião.

– Os poços ficam para a direita, irmãos – disse um deles, de cabelos grisalhos, lábios duros e rosto escanhoado.

– À direita da Sierra Blanca – em seguida, chegaremos ao rio Grande – disse outro.

– Não temam a falta de água! – exclamou um terceiro. – Aquele que a fez brotar das rochas não abandonaria agora o Seu povo eleito.

– Amém! Amém! – respondeu o grupo todo. Estavam prestes a reiniciar a viagem quando um dos mais jovens e de vista mais aguçada deu um grito, apontando para o penhasco escarpado acima deles. No alto da rocha acinzentada esvoaçava algo pequeno e rosado, que aparecia em brilhante e nítido contraste com o fundo escuro da pedra. Ao verem aquilo, todos pararam os cavalos e empunharam os rifles, enquanto chegavam novos cavaleiros a galope para reforço da vanguarda. Em todas as bocas corria a palavra "pele-vermelha".

– Não há índios por aqui – disse o homem mais idoso, que parecia o chefe da caravana. –Já passamos pelos Pawnees e só encontraremos outras tribos depois de cruzarmos as grandes montanhas.

– Posso ir até lá dar uma espiada, Irmão Stangerson – ofereceu-se um dos homens do grupo.

– Eu também! Eu também! – gritaram várias vozes.

– Deixem seus cavalos aqui embaixo. Ficaremos esperando por vocês – respondeu o ancião.

Rápidos, os jovens desmontaram e prenderam os cavalos, iniciando a escalada da encosta íngreme em direção ao objeto que lhes despertara a atenção. Avançaram rápida e silenciosamente, com a segurança e a perícia de exploradores experientes. Da planície mais abaixo, os outros podiam vê-los saltando de rocha em rocha, até seus vultos ficarem destacados contra o céu, liderados pelo jovem que primeiro dera o alarme. De repente, seus companheiros o viram erguer os braços, como que tomado de espanto. Os que se juntaram a ele mostraram a mesma emoção, quando o quadro lhes surgiu diante dos olhos.

Na pequena plataforma na parte superior da elevação agreste havia um rochedo solitário e gigantesco. Encostado nele estava um homem alto, de barbas compridas e feições curtidas, mas exibindo a mais extrema magreza. A fisionomia plácida e a respiração ritmada indicavam que dormia profundamente. Uma menininha repousava a seu lado, com os braços roliços enlaçando-lhe o pescoço moreno e musculoso, enquanto a cabecinha de cabelos dourados descansava contra o peito de sua túnica de belbutina. Os lábios rosados da criança estavam entreaber-

Um dos jovens tomou a garotinha nos braços e a colocou nos ombros, enquanto outros dois amparavam seu companheiro esquálido. Ilustração de David Henry Friston.

tos, mostrando uma fileira regular de dentes alvos como a neve, enquanto um sorriso infantil brincava em seu rostinho angelical. As perninhas rechonchudas, que terminavam em meias brancas e sapatos limpos, de fivelas reluzentes, ofereciam um estranho contraste com os membros compridos e esquálidos do companheiro. Na borda do rochedo, acima da estranha dupla, empoleiravam-se solenemente três abutres que, ao verem os recém-chegados, crocitaram roucamente a sua decepção e voaram, afastando-se dali.

O ruído dos pássaros despertou os adormecidos, que olharam em volta, espantados. O homem levantou-se com dificuldade e contemplou a planície, tão desolada quando adormecera, mas que agora estava tomada por aquela massa extraordinária de homens e animais. Seu rosto assumiu uma expressão de incredulidade e ele passou a mão ossuda sobre os olhos.

– Deve ser isto que chamam de delírio – murmurou.

A criança ficou de pé a seu lado, agarrada à aba de sua túnica e, em silêncio, olhava em volta, com a expressão infantil atônita e questionadora.

Logo, a expedição de socorro convencia os dois extraviados de que sua presença ali não era nenhuma miragem. Um dos jovens tomou a garotinha nos braços e a colocou nos ombros, enquanto outros dois amparavam seu companheiro esquálido, ajudando-o na descida em direção às carroças.

– Meu nome é John Ferrier – explicou o andarilho. – Eu e a menina somos os únicos sobreviventes de um grupo de vinte e uma pessoas. Os outros morreram de fome e sede, lá no sul.

– Ela é sua filha? – perguntou alguém.

– Acho que agora passou a ser – respondeu o homem, em tom desafiador. – É minha porque eu a salvei. De hoje em diante, seu nome será Lucy Ferrier. E os senhores, quem são? – ele perguntou, olhando com curiosidade para seus audaciosos e bronzeados salvadores. – Parecem uma multidão infindável.

– Somos quase dez mil – disse um dos jovens.

– Somos os filhos de Deus perseguidos – os eleitos do Anjo Merona.

– Nunca ouvi falar dele – disse o andarilho.

– Parece que ele elegeu um bocado de gente.

– Não zombe do que é sagrado – replicou o outro, ressentido. – Somos os que creem nas sagradas escrituras, gravadas em hieróglifos em lâminas de ouro batido, que foram entregues ao santo Joseph Smith, em Palmara. Estamos vindo de Nauvoo, no estado de Illinois, onde erguemos nosso templo. Agora, estamos procurando um refúgio contra os homens violentos e ímpios, mesmo que esse refúgio fique no meio do deserto.

O nome de Nauvoo evidentemente despertou lembranças em John Ferrier.

– Compreendo – disse ele. – Vocês são os mórmons.

– Sim, nós somos os mórmons – responderam em coro os companheiros do rapaz.

– Para onde estão indo?

– Não sabemos. A mão de Deus nos guia, na pessoa de nosso profeta. Vamos levá-lo à sua presença. Ele decidirá o que fazer com você.

Eles chegaram à base da elevação e foram cercados por uma multidão de peregrinos – mulheres pálidas e de aspecto submisso, crianças saudáveis e alegres, homens ansiosos e de ar grave. Foram muitas as exclamações de espanto e comiseração quando aquelas pessoas perceberam a pouca idade da garotinha e a indigência de seu companheiro. A escolta dos dois, entretanto, não parou: foi abrindo caminho por entre o povo, seguida por uma multidão de mórmons, até chegar a um carroção que se destacava pelo maior tamanho e pela aparência suntuosa. Havia seis cavalos atrelados ao veículo, enquanto os outros eram puxados por dois ou, no máximo, quatro animais. Ao lado do cocheiro estava sentado um homem que não devia ter mais de 30 anos, mas cuja cabeça maciça e expressão decidida o destacavam como o líder. Estava lendo um livro de capa marrom, mas que deixou de lado quando a multidão se aproximou, e ficou ouvindo atentamente o relato do episódio. Em seguida, virou-se para os dois forasteiros.

– Só podemos levá-los conosco – disse em tom solene –, se aceitarem nossas crenças. Não devemos ter lobos em nosso rebanho. Seria melhor que seus ossos se calcinassem no deserto do que ser aquele minúsculo ponto de apodrecimento que, com o tempo, corrompe toda a fruta. Virão conosco nestas condições?

– Eu os acompanharia sob quaisquer condições – respondeu Ferrier, com tanta veemência que os solenes anciãos não puderam reprimir um sorriso.

Somente o líder conservou sua expressão grave e compenetrada.

– Leve-o, Irmão Stangerson – disse ele. – Dê-lhe de comer e de beber, e também à criança. Que seja sua a tarefa de instruí-lo em nossa crença sagrada. Já nos atrasamos demais. Avante! Avante para Sião!

– Avante! Avante para Sião! – gritou a multidão de mórmons.

Essas palavras foram ecoando pela comprida caravana, de boca em boca, até se dissolverem em um confuso murmúrio distante. Com o estalido dos chicotes e o ranger de rodas, as grandes carroças começaram a se movimentar, e em pouco tempo toda a caravana serpenteava pela planície desértica. O ancião a quem tinham sido confiados os dois forasteiros levou-os para a sua carroça, onde uma refeição já os aguardava.

– Os dois ficarão aqui – disse ele. – Dentro de alguns dias já estarão recuperados de seu cansaço. Enquanto isso, lembrem-se de que agora pertencem à nossa religião para sempre. Foi Brigham Young quem disse isso, e ele falou com a voz de Joseph Smith, que é a voz de Deus.

2

A flor do Utá

Este não é o lugar adequado para rememorarmos as provações e as dificuldades enfrentadas pelos mórmons antes de chegarem ao seu paraíso final. Das margens do Mississipi às vertentes ocidentais das Montanhas Rochosas, eles lutaram com uma persistência quase sem precedentes na história. Homens selvagens, animais ferozes, fome, sede, fadiga e doenças – todos os obstáculos que a natureza podia colocar em seu caminho – foram superados pela tenacidade anglo-saxônica. Mesmo assim, a longa jornada e os terrores acumulados haviam enfraquecido os mais fortes entre eles. Nenhum deles deixou de se ajoelhar para uma prece ardente, quando viram o grande vale do Utá abaixo deles, banhado pela luz do sol. E souberam pelos lábios de seu chefe que aquela era a terra prometida, que aqueles acres virgens seriam sua herança para sempre.

Em pouco tempo, Young mostrou que era um administrador competente e também um chefe determinado. Foram traçados mapas e planos, nos quais foi delineada a futura cidade. Nos arredores, as terras foram divididas e distribuídas segundo a posição de cada indivíduo. Os comerciantes dedicaram-se ao seu negócio e os artesãos às suas aptidões. Ruas e praças foram construídas na cidade como por um passe de mágica. No campo, drenava-se e amanhava-se a terra, plantava-se e colhia-se, de modo que no verão seguinte toda a região ficou coberta pelo ouro dos trigais. Tudo prosperava naquela estranha comunidade. Acima de tudo, o grande templo que haviam erguido no centro da cidade ficava cada vez maior e mais alto. Desde os primeiros clarões do alvorecer até as últimas luzes do crepúsculo, as batidas de martelo e o rangido das serras jamais cessavam no monumento levantado pelos imigrantes a aquele que os conduzira sãos e salvos por entre tantos perigos.

Os dois forasteiros, John Ferrier e a garotinha que compartilhava seu destino e fora adotada como filha, acompanharam os mórmons até o final de sua longa peregrinação. A pequena Lucy Ferrier sentiu-se à vontade no carroção do ancião Stangerson, uma moradia que ela dividia com as três esposas do mórmon e seu filho, um menino teimoso e precoce de 12 anos. Após refazer-se, com a capacidade de recuperação da infância, do choque provocado pela morte da mãe, em pouco tempo ela passou a ser a predileta das mulheres, habituando-se prontamente à nova vida dentro da moradia ambulante coberta de lona. Nesse meio-tempo, Ferrier já se recuperara das privações sofridas e se destacava não só como um guia útil, mas também como um caçador infatigável. Ele conquistou com tanta rapidez a estima dos novos companheiros, que ao chegarem ao destino final de suas perambulações, foi unanimemente decidido que receberia uma extensão de terra tão fértil e tão grande quanto a de qualquer colono, com exceção do próprio Young, de Stangerson, Kemball, Johnston e Drebber, que eram os quatro anciãos principais.

Na terra assim obtida, John Ferrier construiu uma sólida casa de troncos, que foi recebendo acréscimos nos anos seguintes, até transformar-se em uma moradia espaçosa. Ferrier era um homem de senso prático, habilidoso no trabalho manual, e sabia negociar. Sua constituição férrea permitia que trabalhasse da manhã à noite, lavrando e melhorando suas terras. Assim, sua plantação e tudo que lhe pertencia prosperaram de maneira extraordinária. Em três anos, ele estava em situação melhor que os vizinhos, em seis podia ser considerado um homem de posses, em nove estava rico e, em 12, não havia em toda Salt Lake City mais que meia dúzia de colonos cuja situação se comparasse à sua. Desde o grande mar interior até as distantes montanhas Wasatch, não havia nome mais conhecido que o de John Ferrier.

Em apenas um ponto, apenas um, ele melindrava as suscetibilidades dos membros de sua religião. Nenhum argumento ou tentativa de persuasão conseguiu induzi-lo a formar um harém, como faziam seus companheiros. Ele jamais explicou os motivos de sua recusa, limitando-se a permanecer inflexível nessa decisão. Algumas pessoas o acusaram de indiferença para com sua religião adotada e outras atribuíram o fato à cobiça pelo dinheiro e à relutância em aumentar as despesas. Outras ainda falavam de um amor antigo, uma jovem loura que definhara de desgosto na costa do Atlântico. Fosse qual fosse a razão, o fato é que Ferrier permanecia rigorosamente celibatário. Nos outros aspectos, porém, ele seguia a religião da jovem comunidade, conquistando a fama de ser um homem correto e ortodoxo.

Lucy Ferrier cresceu naquela casa de troncos e ajudava o pai adotivo em todas as suas tarefas. O ar puro das montanhas e o aroma balsâmico dos pinheiros foram a ama e a mãe que lhe faltavam. De ano para ano ela ficava mais alta e mais forte, seu andar ganhava mais flexibilidade e o rosto se tornava mais corado. Muitos viajantes, ao passarem pela estrada principal que margeava a propriedade de Ferrier, sentiam reviver pensamentos há muito esquecidos quando contemplavam a figura esguia e jovem caminhando rapidamente pelos campos de trigo ou a encontravam montando um dos cavalos do pai com toda a desenvoltura e a graça de uma verdadeira filha do oeste. Assim, ela desabrochou em flor, e o ano em que seu pai se transformou no mais rico dos proprietários foi também o período em que ela se tornou a mais bela jovem americana que poderia ser encontrada em toda a costa do Pacífico.

Entretanto, não foi seu pai o primeiro a descobrir que a menina se transformara em mulher. Isto raramente acontece nestes casos. Essa mudança misteriosa é gradual e sutil demais para ser medida por datas. Menos ainda percebe a própria jovem, até que um certo timbre de voz ou o contato de uma mão faz com que o coração pulse mais forte em seu peito; então, com uma mistura de medo e orgulho, ela percebe que uma natureza nova e maior despertou dentro dela. São poucas as que não se lembram desse dia nem do pequeno incidente que anunciou a alvorada de uma vida nova. No caso de Lucy Ferrier, a própria ocasião foi bastante séria, sem falar da futura influência que teria em seu destino e no de várias outras pessoas.

Era uma quente manhã de junho, e os Santos dos Últimos Dias estavam tão ocupados quanto as abelhas, cuja colmeia haviam escolhido como seu emblema. Nos campos e nas ruas ouvia-se o mesmo zumbido da atividade humana. Longas fileiras de mulas bastante carregadas desciam as estradas poeirentas, todas rumando para o oeste, porque irrompera a febre do ouro na Califórnia e a rota terrestre cruzava a cidade dos Eleitos. Havia ainda rebanhos de ovelhas e manadas de bovinos que vinham de pastagens distantes, e também uma procissão de imigrantes cansados, homens e cavalos igualmente esfalfados por sua jornada interminável. No meio de toda essa confusão, abrindo caminho com a perícia de um consumado cavaleiro, Lucy Ferrier galopava, com as faces coradas pelo exercício e os longos cabelos castanhos flutuando ao vento. Tinha uma incumbência do pai para resolver na cidade e procurava cumprir sua missão com a mesma presteza de tantas vezes anteriores, mostrando nisso toda a impetuosidade da juventude, pensando apenas em sua tarefa e no modo como a executaria. Os aventureiros empoeirados fitavam-na com espanto e até mesmo os índios impassíveis, envoltos em suas peles, esqueceram o costumeiro estoicismo da raça, maravilhados com a beleza da jovem cara-pálida.

Ela chegava aos arredores da cidade quando viu que a estrada estava bloqueada por uma grande manada, conduzida por meia dúzia de vaqueiros rudes, vindos das pradarias. Em sua impaciência, Lucy tentou ultrapassar o obstáculo, entrando com seu cavalo no que parecia ser um espaço vazio no meio do gado. Entretanto, mal conseguira alcançá-lo quando os animais se amontoaram à sua retaguarda, e ela se viu inteiramente cercada pela torrente de bois e vacas, com seus chifres compridos e olhos ferozes. Acostumada a lidar com gado, ela não ficou alarmada com a situação e procurou aproveitar todas as oportunidades para avançar com seu cavalo, esperando sair logo do meio daquele turbilhão. Infelizmente, por acaso ou não, os chifres de uma rês espetaram com força o flanco do cavalo, deixando-o excitado e fora de si. No mesmo instante, ele se empinou nas patas traseiras com um relincho de fúria, passando a corcovear de tal maneira que teria jogado no chão um cavaleiro menos experiente. Era uma situação perigosíssima. Cada salto do cavalo alucinado o jogava novamente contra os chifres e isso o deixava ainda mais enlouquecido. Tudo que ela podia fazer era procurar manter-se na sela, pois o menor escorregão significaria uma morte terrível sob as patas dos animais amontoados e atemorizados. Não tendo o hábito de enfrentar emergências repentinas, Lucy sentiu que começava a ficar zonza e sua pressão nas rédeas afrouxou-se. Asfixiada pela crescente nuvem de poeira que subia do chão e pelo cheiro dos animais que se atropelavam, ela teria desistido de seus esforços, em desespero, se uma voz amiga, soando a seu lado, não lhe garantisse que alguém viera socorrê-la. No mesmo instante, uma mão morena e musculosa conteve o cavalo assustado, segurando-o pelas rédeas, e depois abrindo caminho por entre a manada, até conseguir levá-la para fora dali.

– Espero que não esteja ferida, senhorita – disse respeitosamente seu salvador.

Lucy olhou para o rosto moreno e enérgico, depois riu com vontade.

– Estou com um medo terrível – confessou, ingênua. – Quem diria que Pancho ficaria assustado com um punhado de vacas?

– Graças a Deus conseguiu manter-se na sela – disse o rapaz de um jeito sincero.

Era um jovem alto, de aparência rude, montava um vigoroso ruão e usava roupas típicas de caçador, com um longo rifle pendurado ao ombro.

– A senhorita deve ser a filha de John Ferrier – observou. – Eu a vi quando saía da casa dele, galopando. Quando estiver com ele, pergunte-lhe se ainda se lembra dos Jefferson Hope, de Saint-Louis. Se for o mesmo Ferrier que imagino, ele e meu pai eram grandes amigos.

– Não seria melhor ir até nossa casa e fazer-lhe a pergunta pessoalmente? – sugeriu ela, com seriedade.

O rapaz pareceu gostar da sugestão e seus olhos escuros brilharam de satisfação.

– Farei isso – respondeu. – Passamos dois meses nas montanhas, de modo que não estamos apresentáveis para uma visita. Ele deverá aceitar-nos como estamos.

– Papai terá muito a agradecer-lhe e eu também – disse ela. – Ele é muito afeiçoado a mim. Se essas vacas me pisoteassem, sei que meu pai nunca mais se recuperaria do choque.

– Nem eu – disse o rapaz.

– Como? Bem, não acho que isso faria alguma diferença para você. Afinal, nem é nosso amigo.

O rosto moreno do caçador ficou tão abatido com esta observação que Lucy Ferrier começou a rir.

– Não quis ofendê-lo – disse. – É claro que agora passa a ser um amigo. Venha visitar-nos. Bem, preciso ir andando, do contrário meu pai nunca mais me confiará nada para fazer. Até logo!

– Até logo! – ele respondeu, erguendo o chapéu de abas largas e curvando-se sobre a mão pequenina da jovem.

Lucy fez o cavalo dar meia-volta, cutucou-o com o chicote e disparou como uma flecha pela estrada larga, envolta em uma nuvem de poeira.

O jovem Jefferson Hope guiou seu cavalo para perto dos companheiros, mas agora estava sério e taciturno. Haviam estado nas Montanhas Nevadas, na prospecção da prata, e agora voltavam a Salt Lake City com a esperança de conseguir capital suficiente para a exploração dos veios que tinham descoberto. Como os outros, seu único interesse era esse negócio, até que o súbito incidente com a jovem desviou-lhe os pensamentos.

A visão de Lucy Ferrier, tão franca e saudável como as brisas da montanha, agitara as profundezas de seu coração vulcânico e indomável. Quando ela desapareceu de sua vista, Jefferson Hope compreendeu que estava começando uma crise em sua vida, e que nem as especulações com a prata nem qualquer outro assunto teriam tanta importância para ele como este problema novo e absorvente.

O amor que brotava em seu coração não era o capricho volúvel de um garoto, mas aquela paixão feroz e selvagem do homem de vontade férrea e temperamento dominador. Estava acostumado a ser bem-sucedido em todos os seus empreendimentos. Jurou para si mesmo que não haveria de falhar agora, se a vitória dependesse do esforço e da perseverança humanos.

Visitou John Ferrier nessa mesma noite e repetiu a visita muitas vezes, até seu rosto se tornar familiar na propriedade. Preso naquele vale e absorvido em seu trabalho, Ferrier tivera poucas oportunidades de se informar sobre o que se passava no mundo exterior nos últimos 12 anos. Jefferson Hope podia deixá-lo a par de tudo isso, de uma maneira que interessava a ambos, pai e filha. Havia sido um pioneiro na Califórnia, e assim relatou muitos casos estranhos de fortunas adquiridas e perdidas naquela época turbulenta. Também fora guia, caçador com armadilha, explorador de prata e vaqueiro. Onde quer tivesse aventura, lá estava Jefferson Hope. Em pouco tempo se tornava o amigo predileto do velho rancheiro, que falava com eloquência sobre as suas qualidades. Nessas ocasiões, Lucy ficava calada, mas as faces ruborizadas e os olhos brilhantes de felicidade indicavam claramente que seu jovem coração não lhe pertencia mais. O pai, sério e sem malícia, podia não ter observado esses sintomas, mas eles certamente não passavam despercebidos ao homem que conquistara a afeição dela.

Numa tarde de verão, ele chegou galopando pela estrada e parou o cavalo junto ao portão. Lucy estava na entrada da casa e foi ao seu encontro. Hope jogou as rédeas por cima da cerca e caminhou pela trilha em largas passadas.

– Vou partir, Lucy – disse, tomando-lhe as mãos e fitando seu rosto com ternura. – Não lhe peço para vir comigo agora, mas estará disposta a me acompanhar quando eu voltar?

– E quando voltará? – perguntou ela, rindo e corando.

– Dentro de uns dois meses. Virei para buscá-la, minha querida. Ninguém poderá separar-nos.

– E quanto a meu pai?

– Ele já consentiu, desde que tenhamos aquelas minas dando rendimento. Quanto a isso, não tenho medo.

– Então... se você e meu pai já trataram de tudo, não há mais nada para ser dito – ela sussurrou, com o rosto apoiado no peito largo do rapaz.

– Graças a Deus! – exclamou ele em voz rouca, inclinando a cabeça para beijá-la. – Então, está tudo resolvido. Quanto mais tempo eu ficar aqui, mais difícil será a partida. Os outros estão à minha espera no canyon. Adeus, minha querida... adeus! Tornará a me ver dentro de dois meses.

Afastou-se dela e, saltando para a sela do cavalo, galopou furiosamente, sem ao menos olhar em torno, como se receasse que sua decisão fraquejasse ao ver o que estava deixando. Ela ficou no portão, contemplando-o, até que ele desapareceu. Então, voltou para casa, sentindo-se a garota mais feliz de todo o Utá.

3
John Ferrier fala com o profeta

Transcorreram três semanas desde que Jefferson Hope e seus companheiros haviam partido de Salt Lake City. John Ferrier sentia o coração apertado quando pensava na volta do rapaz e na perda de sua filha adotiva em breve. No entanto, o rosto radioso e feliz da jovem, mais que qualquer outro argumento, fazia com que ele se conformasse com essa ideia. No fundo do seu coração decidido, ele sempre achara que nada o levaria a permitir que ela se casasse com um mórmon. Na sua opinião, aquilo em nada se assemelhava a um casamento, sendo, isso sim, uma vergonha e uma infâmia. Fosse qual fosse sua opinião sobre a religião mórmon, ele era inflexível neste ponto. No entanto, teve que permanecer de boca fechada sobre o assunto porque, naqueles tempos, era muito perigoso manifestar uma opinião contrária na Terra dos Santos.

Realmente, era perigoso. Tão perigoso que até os mais virtuosos mal ousavam sussurrar suas opiniões religiosas às escondidas, temendo que essas palavras pudessem ser mal interpretadas e resultassem em rápida vingança contra eles. As antigas vítimas da perseguição haviam se transformado em perseguidores da pior espécie. Nem a Inquisição de Sevilha, o Vehmgericht alemão ou as sociedades secretas da Itália seriam capazes de pôr em movimento um mecanismo mais terrível do que aquele que estendia sua sombra sobre o estado de Utá.

A invisibilidade e o mistério inerentes a essa organização a tornavam duplamente terrível. Parecia onisciente e onipotente, embora não fosse vista nem ouvida. O homem que se levantasse contra a Igreja desaparecia sem que ninguém soubesse para onde fora ou o que lhe acontecera. A esposa e os filhos esperavam-no em casa, mas nenhum pai jamais voltou para contar como fora tratado nas mãos de seus juízes secretos. Uma palavra imprudente ou um ato irrefletido eram seguidos da aniquilação e, mesmo assim, ninguém sabia qual era a natureza daquele terrível poder que pairava sobre todos. Assim, não era de estranhar que os homens vivessem trêmulos de medo, sem ousar murmurar as dúvidas que os oprimiam nem mesmo no coração do deserto.

No começo, esse poder vago e terrível era exercido apenas contra os recalcitrantes que, tendo adotado a crença mórmon, mais tarde manifestavam o desejo de abandoná-la ou a pervertiam. Mas, em pouco tempo, seu raio de ação aumentou. A quantidade de mulheres adultas escasseava, de modo que a poligamia se tornara realmente uma doutrina estéril, sem uma população feminina à qual recorrer. Então, começaram a surgir estranhos boatos, que falavam de imigrantes assassinados e campos devastados em regiões onde nunca tinham sido vistos índios. Surgiam novas mulheres nos haréns dos anciãos, mulheres que definhavam e choravam, e que traziam no rosto os traços de um horror sem fim. Andarilhos que a noite surpreendia nas montanhas comentavam sobre bandos de homens armados, encapuzados e furtivos, que passavam silenciosamente por eles na escuridão. Esses relatos e boatos ganharam corpo e formato, afirmados e confirmados, até finalmente se traduzirem em um nome definido. Até hoje, nos ranchos isolados do oeste, o nome do Bando dos Danitas, ou Anjos Vingadores, permanece como algo sinistro e agourento.

Um conhecimento maior da organização que produzia consequências tão terríveis seria mais para aumentar do que para diminuir o horror que ela inspirava no povo. Ninguém sabia quem pertencia a essa sociedade impiedosa. Os nomes dos que participavam dos atos sangrentos e brutais, cometidos em nome da religião, eram mantidos no mais absoluto segredo. O próprio amigo a quem se confiasse as dúvidas em relação ao Profeta e sua missão bem podia ser um daqueles que surgiriam à noite, para executar uma vingança terrível a ferro e fogo. Por isso, cada homem temia o seu vizinho e nenhum deles manifestava seus temores secretos.

John Ferrier se preparava certa manhã para sair para seus trigais quando ouviu o estalido do ferrolho e, espiando pela janela, avistou um homem de meia-idade, corpulento e de cabelos cor de areia, subindo pela trilha. O coração lhe subiu à boca porque o visitante era nada mais nada menos que o grande Brigham Young em pessoa. Trêmulo, porque sabia que essa visita não prenunciava nada de bom, Ferrier correu à porta, a fim de apresentar as boas-vindas ao chefe mórmon. Este, no entanto, recebeu friamente os cumprimentos e, com uma expressão consternada, seguiu o dono da casa até a sala.

– Irmão Ferrier – disse ele, sentando-se e encarando fixamente o fazendeiro, por baixo dos cílios muito claros –, os verdadeiros crentes se têm mostrado bons amigos seus. Nós o recolhemos quando morria de fome no deserto e dividimos nossa comida contigo, trazendo-o são e salvo para o Vale Escolhido. Demos a você um excelente pedaço de terra e permitimos que enriquecesse sob a nossa proteção. Não é verdade?

– Sem dúvida – respondeu John Ferrier.

– Como retribuição por tudo isto, só impusemos uma condição, isto é, que abraçasse a verdadeira fé e a seguisse em todos os pontos. Tivemos a sua promessa de que assim seria, mas, se é certo o que dizem, essa promessa foi negligenciada.

– De que modo a negligenciei? – exclamou John Ferrier, erguendo as mãos para o alto em sinal de protesto. – Não contribuí para o fundo comunitário? Não tenho comparecido ao Templo? Não tenho...?

– Onde estão suas esposas? – perguntou Young, olhando em volta. – Chame-as, para que eu as cumprimente.

– É verdade que não me casei – respondeu Ferrier –, mas a quantidade de mulheres era pequena, e havia muitos irmãos com direitos maiores do que eu. Mas eu não sou um homem solitário; tenho uma filha, que cuida de minhas necessidades.

– É justamente sobre essa filha que quero falar com você – disse o líder dos mórmons. –Ela cresceu e se transformou na flor do Utá; agora agrada a muitos que têm posição elevada nesta terra.

John Ferrier sufocou um gemido.

– Correm histórias sobre ela em que prefiro não acreditar... histórias que dizem que ela está prometida a um infiel. Imagino que isto não passe de mexericos das línguas ociosas.

– Qual é o décimo terceiro mandamento do santificado Joseph Smith? Que toda donzela da verdadeira fé despose um dos eleitos; unindo-se a um infiel, estará cometendo um grave pecado. Assim sendo, se o irmão professa a verdadeira religião, é impossível permitir que sua filha cometa esse pecado.

John Ferrier brincou nervosamente com seu rebenque, sem responder.

– Toda a sua fé será testada neste único ponto. Assim ficou decidido pelo Sagrado Conselho dos Quatro. Sua filha é jovem e não queremos que se case quando tiver cabelos grisalhos, mas tampouco a privaremos de escolha. Nós, os anciãos, já temos muitas novilhas, mas nossos filhos também devem ter as suas. Stangerson é pai de um filho e Drebber de outro, qualquer um dos quais receberia com satisfação sua filha em casa. Que ela escolha entre os dois. São jovens e ricos, e ambos professam a verdadeira fé. O que diz a isto?

Ferrier continuou calado por alguns minutos, com o cenho franzido.

– Conceda-nos algum tempo – disse afinal. – Minha filha ainda é muito nova... mal chegou à idade de se casar.

– Ela terá um mês para decidir – disse Young, levantando-se. – Terminando este prazo, deverá dar sua resposta.

Quando já ia cruzar a porta, ele se virou, com o rosto vermelho e os olhos fuzilando.

– Seria muito melhor, John Ferrier – vociferou –, que você e sua filha fossem agora dois esqueletos calcinados, no alto da Sierra Blanca, em vez de estarem enfrentando, com suas vontades insignificantes, as ordens dos Quatro Sagrados!

Com um gesto ameaçador, Young cruzou a porta, e Ferrier ouviu a areia do jardim rangendo sob suas pesadas passadas.

Ainda estava sentado, com os cotovelos sobre os joelhos e meditando na maneira de dar a notícia a Lucy, quando sentiu o toque de uma mão macia sobre a sua e, erguendo os olhos, viu a de pé a seu lado. Ao olhar para aquele rostinho pálido e amedrontado, percebeu que ela ouvira o que fora dito ali.

– Não pude deixar de ouvir – disse Lucy, em resposta ao olhar do pai. – A voz dele ecoava por toda a casa. Oh, pai, pai, o que faremos?

– Não se assuste – ele respondeu, puxando-a para si e acariciando-lhe os cabelos castanhos com a mão calejada. – Daremos um jeito, de um modo ou de outro. Continua com as mesmas ideias sobre aquele rapaz, não?

Um soluço e um aperto em sua mão foram a única resposta.

– Sei muito bem que não mudou de ideia. E, se me dissesse o contrário, eu não acreditaria. Hope é um belo rapaz e, além disso, também é cristão, o que o torna muito superior à gente daqui, apesar de todas as suas rezas e sermões. Amanhã, uma expedição vai partir para Nevada, e darei um jeito de enviar uma mensagem a ele, explicando o dilema em que nos encontramos. Se conheço bem o rapaz, garanto que ele virá com mais rapidez que o telégrafo.

Lucy sorriu por entre as lágrimas, ao ouvir a comparação de seu pai.

– Quando chegar, Hope nos aconselhará sobre a melhor coisa a fazer. Mas é com você que me preocupo, pai. A gente ouve... ouve histórias terríveis sobre aqueles que se opõem ao Profeta. Sempre lhes acontece alguma coisa horrível.

– Ainda não nos opusemos a ele – respondeu Ferrier. – Quando isso ocorrer, então será hora de nos precavermos contra o perigo. Temos todo um mês pela frente. Findo esse prazo, no entanto, acho que teremos de dar o fora do Utá.

– Ir embora do Utá?

– Não temos outra saída.

– E a propriedade?

– Juntaremos a maior quantidade de dinheiro que pudermos, deixando o resto para trás. Sequer saber, Lucy, não é a primeira vez que penso em fazer isso. Não me agrada ficar rastejando para homem nenhum, como faz essa gente daqui, com seu maldito Profeta. Sou um cidadão americano livre e gosto de ser assim. Talvez esteja velho demais para mudar de opinião. Se ele começar a intrometer-se em minha propriedade, pode bem dar de cara com uma carga de chumbo quente.

– Eles não nos deixarão partir – objetou sua filha.

– Vamos esperar que Jefferson chegue e então discutiremos o que fazer. Nesse meio-tempo, não se preocupe mais, minha querida, nem fique de olhos inchados, ou ele virá pedir-me explicações assim que a vir. Não há nada a temer e, por ora, ainda não existe nenhum perigo.

John Ferrier disse essas palavras de consolo em tom confiante, mas Lucy percebeu que ele teve mais cuidado ao fechar as portas naquela noite, além de limpar e carregar a carabina antiga e enferrujada que ficava pendurada na parede de seu quarto.

4
Fuga para salvar a vida

Na manhã seguinte à entrevista com o profeta mórmon, John Ferrier foi a Salt Lake City e, encontrando o conhecido que seguiria para as Montanhas Nevadas, confiou-lhe uma mensagem para Jefferson Hope. Ali, ele relatava ao rapaz o perigo iminente que os ameaçava e explicava o quanto era importante que regressasse. Feito isto, sentiu-se mais tranquilo e voltou para casa com outra disposição de ânimo.

Mas, ao aproximar-se da casa, ficou surpreso ao ver que havia dois cavalos presos às traves do portão. Sua surpresa aumentou quando, ao entrar, viu dois rapazes em sua sala de estar. Um deles, de rosto comprido e pálido, acomodara-se na cadeira de balanço e tinha os pés apoiados sobre a estufa. O outro, um rapaz de pescoço taurino, feições congestionadas e grosseiras, estava de pé diante da janela, com as mãos enfiadas nos bolsos, assobiando uma canção popular. Ambos cumprimentaram Ferrier com um movimento de cabeça e a conversa foi iniciada pelo que ocupava a cadeira de balanço.

– Talvez não nos conheça – disse ele. – Este aqui é o filho do ancião Drebber e eu sou Joseph Stangerson. Viajamos juntos pelo deserto, quando o Senhor estendeu-lhe a mão e o chamou para o rebanho verdadeiro.

– Como fará com todos os povos, quando achar que chegou a hora – disse o outro, em voz anasalada.

John Ferrier assentiu friamente. Já adivinhava quem eram seus visitantes.

– Viemos aqui a conselho de nossos pais – continuou Stangerson –, pedir a mão de sua filha para um de nós dois, o que preferirem, o senhor e ela. Como só tenho quatro esposas e o Irmão Drebber, aqui presente, tem sete, creio que sou o mais conveniente.

– Nada disso, Irmão Stangerson! – exclamou o outro. – A questão não é quantas esposas temos, mas quantas podemos sustentar. Meu pai acaba de me dar seus moinhos e, de nós dois, sou o mais rico.

– No entanto, minhas perspectivas são melhores – replicou o outro com veemência. – Quando o Senhor levar meu pai, herdarei o seu curtume e sua indústria de couros. Além disso, sou o mais velho e de posto mais elevado na Igreja.

– Deixemos que a moça decida – disse o jovem Drebber, sorrindo afetadamente para a própria imagem refletida na vidraça. – Isso mesmo, vamos deixar que ela decida!

Durante este diálogo, John Ferrier ficara parado perto da porta, fervendo de ódio, mal contendo o impulso de chicotear as costas de seus visitantes.

– Um momento – disse por fim, aproximando-se dos dois. – Voltem quando minha filha chamá-los, podem voltar, mas até lá não quero vê-los novamente.

Os dois jovens mórmons o fitaram com espanto. Para eles, a disputa pela mão de Lucy era a maior honra que poderiam conceder a ela e a seu pai.

– Há duas saídas nesta sala! – gritou Ferrier. – Ali está a porta e ali a janela. Qual delas preferem usar?

Sua expressão se tornara tão selvagem e as mãos descarnadas tão ameaçadoras que seus visitantes se ergueram rapidamente, batendo em retirada. O velho fazendeiro os seguiu até a porta.

– Avisem-me quando decidirem quem será o noivo! – disse ele, em tom sarcástico.

– Pagará caro por isto! – gritou Stangerson, lívido de raiva. – Desafiou o Profeta e o Conselho dos Quatro! Eu lhe digo que se arrependerá do que fez até o fim de seus dias!

– A mão do Senhor lhe pesará! – gritou o jovem Drebber. Ela se erguerá para destruí-lo!

– Eu mesmo começarei a destruição! – exclamou Ferrier, furioso.

E ele teria corrido para apanhar sua carabina se Lucy não o segurasse pelo braço e o contivesse. Antes que ele pudesse libertar-se, o ruído dos cascos dos cavalos indicou que os dois visitantes já estavam fora do seu alcance.

– Os grandes patifes! – exclamou Ferrier, enxugando o suor da testa. – Eu preferiria vê-la na sepultura, minha pequena, so que como esposa de um deles.

– Eu também, pai – respondeu ela, decidida. – Felizmente, Jefferson logo estará aqui.

– Sem dúvida. Ele não deve demorar muito a chegar. E quanto antes, melhor, porque ignoro o que essa gente fará em seguida.

Na verdade, aquele era o momento mais propício para que alguém em condições de aconselhar e ajudar fosse em socorro do velho e rijo fazendeiro e de sua filha adotiva. Em toda a história da colônia, jamais houvera um caso de desobediência explícita à autoridade dos anciãos. Se erros insignificantes eram punidos com tanta severidade, qual seria o destino daquele rebelde? Ferrier sabia que sua riqueza e posição não seriam obstáculo ao castigo. Outros tão prestigiados e tão ricos quanto ele já haviam desaparecido antes, e seus bens foram doados à Igreja. Ferrier era corajoso, mas estremecia ao pensar nos terrores vagos e sombrios que pairavam sobre sua cabeça. Era capaz de enfrentar qualquer perigo conhecido de peito aberto, mas aquele suspense era exasperante. No entanto, procurou esconder seus temores da filha, fingindo dar pouca importância ao incidente. Mas ela, com o olho atento do amor filial, percebia nitidamente que ele estava apreensivo.

Ferrier esperava receber alguma mensagem ou reclamação do chefe mórmon por sua conduta – e nisto não se enganou, ela tinha chegado de modo inesperado. Para sua surpresa, quando se levantou na manhã seguinte, deparou-se com um pequeno retângulo de papel preso por um alfinete às cobertas de sua cama, bem à altura do peito. Nele estava escrito, em letras de forma, grandes e desajeitadas:

FALTAM VINTE E NOVE DIAS
PARA QUE SE CORRIJA, E DEPOIS...

As reticências eram mais atemorizantes que qualquer outra ameaça. O modo como aquele aviso chegara a seu quarto deixava John Ferrier absolutamente perplexo, já que seus empregados dormiam em uma casa separada, e todas as portas e janelas haviam sido bem trancadas. Ele amarfanhou o papel e não disse nada à filha, mas aquilo o deixara com o coração gelado de pavor. Evidentemente, os 29 dias eram o que restava do mês prometido por Young. Que tipo de força ou coragem poderia usar contra um inimigo armado de poderes tão misteriosos? A mão que espetara aquele alfinete poderia tê-lo golpeado no coração sem que ele jamais soubesse quem o liquidava.

Ele ficou ainda mais abalado na manhã seguinte. Estavam sentados à mesa para a primeira refeição quando Lucy apontou para cima, com uma exclamação de surpresa. No meio do forro havia sido rabiscado, aparentemente, com um tição apagado, o número 28. Para sua filha, aquilo era incompreensível, mas ele não lhe deu nenhuma explicação. Naquela noite, Ferrier ficou de guarda, com sua carabina. Não viu nem ouviu nada, mas, mesmo assim, na manhã seguinte havia um enorme 27 pintado na folha externa da porta.

Assim se passaram os dias e, pontualmente, toda manhã Ferrier descobria que seus inimigos mantinham o registro, assinalando, de alguma forma visível, quantos dias ainda lhe restavam daquele mês de graça. Às vezes os números fatais surgiam nas paredes, em outras no assoalho e, ocasionalmente, em pequenos cartazes, pregados no portão ou nas grades do jardim. Apesar de toda a sua vigilância, John Ferrier não conseguia descobrir como eram postos os avisos diários em sua casa. Um horror quase supersticioso o dominava ao vê-los. Tornou-se agitado e macilento, e seus olhos adquiriram a expressão perturbada da criatura perseguida. Agora só tinha uma esperança na vida – a chegada do jovem caçador que estava em Nevada.

Os vinte dias se reduziram a 15, depois a dez, mas ainda não havia notícias do ausente. Um por um, os números iam ficando cada vez mais baixos e ainda não havia o menor sinal de Jefferson. Sempre que um cavaleiro passava galopando pela estrada ou um carreteiro gritava para sua parelha, o velho fazendeiro corria para o portão, pensando que finalmente chegava o socorro. Por fim, quando viu o número cinco reduzir-se a quatro e depois a três, perdeu o ânimo, abandonando toda esperança de salvação. Sozinho e conhecendo pouco as montanhas que cercavam sua propriedade, Ferrier sabia que estava impotente. As estradas mais movimentadas eram atentamente vigiadas e guardadas, e ninguém podia passar sem ordem expressa do Conselho. Para qualquer lado que se virasse, parecia impossível escapar do golpe que o aguardava. Ainda assim, o velho nunca hesitou em sua decisão de preferir perder a vida a permitir o que considerava uma desonra para sua filha.

Uma noite, estava sozinho e meditando profundamente sobre seus problemas, procurando em vão a maneira de evitá-los. Nessa manhã, o número 2 surgira escrito na parede da casa e o dia seguinte seria o último do tempo que lhe fora concedido. O que aconteceria então? Sua imaginação se encheu dos mais vagos e terríveis pressentimentos. E quanto a Lucy, o que aconteceria com ela após o seu desaparecimento? Não haveria como escapar à rede invisível que se erguia em torno deles? Ferrier deixou a cabeça cair sobre a mesa e começou a soluçar ao pensar na própria impotência.

O que era aquilo, de repente? No silêncio da noite, ele ouviu um leve rumor de madeira arranhada, muito leve, mas perfeitamente perceptível no silêncio noturno. Vinha da porta da casa. Ferrier esgueirou-se para o corredor e ficou ouvindo atentamente. Houve uma pausa de alguns momentos e então o rumor leve e insidioso repetiu-se. Sem dúvida, alguém estava batendo muito de leve na folha da porta. Seria o assassino, que chegava no meio da noite para cumprir as ordens criminosas do tribunal secreto? Ou algum emissário viera lembrar que chegara o último dia do prazo? John Ferrier concluiu que a morte instantânea seria melhor do que a expectativa que abalava seus nervos e lhe gelava o sangue nas veias. De um salto, puxou o ferrolho e escancarou a porta.

Do lado de fora, tudo estava calmo e silencioso. Era uma bela noite, com estrelas brilhantes no céu. Ele olhou para o pequeno jardim, delimitado pelo portão e pelas grades, mas não havia ninguém à vista, nem ali nem na estrada. Com um suspiro aliviado, ele olhou para a direita e para a esquerda, até que, olhando para baixo, viu, com o maior espanto, um homem estendido de bruços, com braços e pernas abertos.

Ficou tão assustado com aquilo que se recostou na parede e levou a mão à garganta, sufocando o ímpeto de gritar: seu primeiro pensamento foi de que o homem prostrado estaria ferido ou agonizando, mas, ao observar melhor, notou que ele rastejava rente ao solo, para em seguida entrar no corredor, rápido e silencioso como uma serpente. Já dentro da casa, o homem levantou-se de repente, fechou a porta e mostrou ao fazendeiro atônito o rosto corajoso e decidido de Jefferson Hope.

– Santo Deus! – balbuciou John Ferrier. – Você me assustou! Por que tinha que chegar aqui dessa maneira?

– Dê-me alguma coisa para comer – pediu o outro, com a voz rouca. Há 48 horas que nada ponho na boca.

Ao falar, ele se precipitou para a carne fria e o pão ainda sobre a mesa, após o jantar de Ferrier, e devorou-os com voracidade.

– E Lucy, como está? – perguntou, depois de saciada a fome.

– Bem. Eu não lhe contei do perigo que corremos – respondeu o fazendeiro.

– É melhor assim. A casa está sendo vigiada de todos os lados. Foi por isso que eu tive que rastejar até aqui. Eles podem ser muito espertos, mas não o bastante para agarrar um caçador Washoe.

John Ferrier se sentia outro homem agora, ao perceber que contava com um aliado dedicado. Tomou a mão calosa do jovem e a apertou firmemente.

– Você é um homem de quem me orgulho – disse.

– Muito poucos tiveram a coragem de se expor ao perigo e às dificuldades que enfrentamos.

– Talvez tenha razão – respondeu o jovem caçador.

– Eu o respeito, mas se estivesse sozinho nessa enrascada, eu pensaria duas vezes antes de enfiar minha cabeça neste vespeiro. É por causa de Lucy que estou aqui, e antes que lhe aconteça algum mal, acho que haverá um a menos na família Hope em Utá.

– O que devemos fazer?

– Amanhã é o seu último dia, e se não começar a agir esta noite, estará perdido. Tenho uma mula e dois cavalos esperando na Ravina da Águia. De quanto dinheiro dispõe?

– Dois mil dólares em ouro e cinco em notas.

– Isto basta. Tenho mais ou menos isso comigo. Podemos seguir para Carson City pelas montanhas. É melhor acordar Lucy. Ainda bem que os criados não dormem na casa!

Enquanto Ferrier saía para falar com a filha sobre a jornada que começava, Jefferson Hope fez um pequeno pacote com todos os comestíveis que encontrou e encheu um garrafão de água, sabendo por experiência que as fontes nas montanhas eram escassas e distantes uma da outra. Mal havia terminado seus preparativos quando Ferrier voltou com Lucy, já vestida e pronta para partir. O encontro dos dois enamorados foi caloroso, mas rápido, porque os minutos eram preciosos e havia muita coisa a fazer.

– Devemos partir imediatamente – disse Jefferson Hope, falando em voz baixa mas decidida, como alguém que percebe a enormidade do perigo, mas

Ao observar melhor, notou que ele rastejava rente ao solo.
Ilustração de David Henry Friston.

está disposto a tudo para enfrentá-lo. – As entradas da frente e dos fundos estão guardadas, mas, com cautela, podemos sair pela do lado e cruzar os campos. Quando chegarmos à estrada, estaremos a apenas 3 quilômetros da ravina onde deixei os animais. Ao amanhecer, já estaremos em plena montanha.

– E se formos detidos? – perguntou Ferrier.

Hope bateu na coronha do revólver, preso à sua cintura e escondido pela túnica.

– Se eles forem muitos para nós, levaremos dois ou três conosco – disse com um sorriso sinistro.

Todas as luzes da casa foram apagadas e, pela janela escura, Ferrier ficou olhando os campos que eram seus e que ele estava prestes a abandonar para sempre. Há muito tempo ele vinha se preparando para o sacrifício, de modo que a ideia da honra e da felicidade de sua filha superava qualquer pesar pela fortuna arruinada. Tudo parecia tão tranquilo e feliz, as árvores farfalhantes e a vasta e silenciosa área do trigal, que seria difícil imaginar-se uma ameaça mortal pairando sobre o lugar. No entanto, o rosto pálido e apreensivo do jovem caçador indicava que, ao aproximar-se da casa, pudera ver o suficiente para saber o que os esperava.

Ferrier carregou a bolsa com o dinheiro em ouro e notas; Jefferson Hope cuidou das escassas provisões e da água, enquanto Lucy levava um pequeno embrulho com seus pertences mais valiosos. Abrindo a janela lenta e cautelosamente, eles esperaram até que uma nuvem escura deixasse a noite mais sombria e então, um por um, passaram para o pequeno jardim. Mal ousando respirar, cruzaram a estreita faixa de terra agachados até chegarem ao abrigo da sebe, junto à qual se foram esgueirando até uma abertura que dava para os campos de trigo. Tinham acabado de chegar a esse ponto quando o jovem caçador segurou seus dois companheiros e os puxou para uma parte mais escura, onde ficaram trêmulos e calados.

Era uma sorte que a vida nas pradarias tivesse dotado Jefferson Hope de um ouvido apuradíssimo. Assim que ele e seus amigos se encolheram na sombra, ouviram um pio melancólico do mocho da montanha a alguns metros deles, e que foi respondido imediatamente por outro pio, a curta distância. No mesmo instante, um vulto indefinido e escuro surgiu pela abertura que quase tinham usado, repetindo o pio lamentoso, e um segundo homem destacou-se da escuridão.

– Amanhã à meia-noite – disse o primeiro, em tom que indicava autoridade. – Quando o mocho piar três vezes.

– Certo – replicou o outro. – Devo informar o Irmão Drebber?

– Sim; conte a ele e que ele conte aos outros. Nove por sete!

– Sete por cinco – disse o outro, e as duas sombras desapareceram em direções opostas.

Evidentemente, suas últimas palavras eram uma espécie de senha e contrassenha. Assim que o ruído dos passos sumiu na distância, Jefferson Hope levantou-se rapidamente e, ajudando os companheiros na passagem pela abertura, conduziu-os através dos campos de plantação com a maior velocidade possível, amparando e quase carregando Lucy quando as forças da jovem pareciam falhar.

– Depressa! Depressa! – ele dizia de vez em quando, com a voz ofegante. – Estamos cruzando a linha de sentinelas. Tudo depende de nossa rapidez. Depressa!

Quando chegaram à estrada, os avanços foram maiores. Só uma vez encontraram alguém, mas então esgueiraram-se para um campo de cultivo e assim evitaram ser reconhecidos. Mas antes de chegarem à cidade, o caçador embrenhou-se por uma trilha acidentada e estreita que conduzia às montanhas. Dois picos escuros surgiram acima deles, em meio à escuridão da noite. Agora, passavam pelo desfiladeiro entre os dois picos, rumando para a Ravina da Águia, onde os cavalos os esperavam. Com instinto certeiro, Jefferson Hope foi seguindo o caminho em meio aos gigantescos penhascos, ao longo do leito de um rio seco, até chegar ao recanto isolado que as rochas ocultavam, onde estavam os animais. Lucy foi colocada sobre a mula e o velho Ferrier montou um dos cavalos, com sua sacola de dinheiro. Jefferson Hope saltou para a sela do outro animal e começou a guiar seus companheiros ao longo da passagem perigosa e escarpada.

Era um caminho complicado para quem não estivesse habituado a enfrentar a natureza em seus piores aspectos. A um lado, elevava-se um paredão rochoso com mais de 300 metros de altura, negro e ameaçador, com longas colunas basálticas que surgiam na superfície áspera, como as costelas de algum monstro petrificado. Do lado oposto, uma confusão selvagem de rochas e pedregulhos tombados impossibilitava qualquer avanço. No meio passava a trilha irregular, tão estreita em alguns pontos que eles eram obrigados a seguir em fila indiana – e tão acidentada, que só cavaleiros muito experientes conseguiriam atravessá-la. No entanto, apesar de todos os perigos e dificuldades, os fugitivos sentiam o coração aliviar-se, porque cada passo à frente aumentava mais e mais a distância entre eles e o terrível despotismo do qual fugiam.

Mas em pouco tempo tiveram a prova de que ainda estavam dentro da jurisdição dos Santos. Haviam chegado à parte mais agreste e desolada da passagem quando a jovem deixou escapar um grito de susto e apontou para o alto.

Em uma rocha que dominava a trilha, destacando-se escura e nítida contra o céu, havia uma sentinela solitária, vigiando os arredores. Como eles também haviam sido detectados ao mesmo tempo, a interpelação militar soou imediatamente no silêncio da ravina.

– Quem vem lá?

– Viajantes a caminho de Nevada – respondeu Jefferson Hope, com a mão sobre o rifle pendurado na sela.

Eles puderam ver o guardião solitário erguendo a arma e perscrutando a escuridão mais abaixo, como se não estivesse satisfeito com a resposta.

– Com permissão de quem? – perguntou.

– Dos Quatro Sagrados – respondeu Ferrier.

Sua experiência com os mórmons lhe ensinara que era aquela a maior autoridade à qual poderia referir-se.

– Nove por sete! – gritou a sentinela.

– Sete por cinco! – disse Jefferson Hope rapidamente, recordando a contrassenha que ouvira no jardim.

– Passem, e que o Senhor os acompanhe! – gritou a voz que vinha de cima.

Depois daquele ponto, a trilha alargava-se e os cavalos puderam prosseguir a trote. Olhando para trás, os fugitivos viram o vigilante solitário apoiado na carabina e compreenderam que haviam passado pelo último posto de guarda do povo escolhido, e que a liberdade estava diante deles.

5
Os anjos vingadores

Durante toda a noite eles passaram por desfiladeiros intrincados e trilhas irregulares, cobertas de cascalho. Por várias vezes se perderam, mas o grande conhecimento que Hope tinha das montanhas permitiu que reencontrassem a trilha. Quando amanheceu, surgiu diante deles um cenário de beleza fantástica, embora selvagem. Em todas as direções, os cumes nevados pareciam barrar-lhes o caminho, despontando um atrás do outro até desaparecerem nas brumas da distância. As encostas rochosas de cada lado deles eram tão íngremes que os pinheiros e lariços pareciam suspensos acima de suas cabeças, bastando apenas uma rajada de vento para despencarem sobre eles. Esse temor não era apenas uma ilusão, porque o vale estéril estava entulhado de árvores e rochas, caídas de maneira semelhante. No momento em que passavam por ali, uma enorme rocha rolou pelas encostas íngremes com um estrondo enrouquecido que provocou ecos nas gargantas silenciosas do lugar e assustou os cavalos fatigados, fazendo-os galopar.

Quando o sol subiu lentamente acima do horizonte, os picos das gigantescas montanhas foram se iluminando, um após outro, como lâmpadas em um festival, até ficarem todos vermelhos e cintilantes. O magnífico espetáculo animou o coração dos três fugitivos, dando lhes nova energia.

Pararam junto a uma torrente impetuosa que brotava de uma ravina e deram de beber aos cavalos, enquanto eles aproveitavam a ocasião para um desjejum apressado. Lucy e o pai gostariam de demorar um pouco mais, porém Jefferson Hope foi inflexível.

– A esta altura, eles já estão no nosso rastro – disse o rapaz. – Tudo dependerá de nossa velocidade. Quando estivermos a salvo em Carson, poderemos descansar pelo resto da vida.

Durante todo aquele dia, continuaram a difícil travessia pelos desfiladeiros e, ao anoitecer, acreditavam ter uns 50 quilômetros de vantagem sobre seus perseguidores. À noite, escolheram a base de um morro, onde os rochedos os protegiam do vento gelado. Ali, aconchegados uns aos outros para se aquecerem, dormiram algumas horas. Mas antes do amanhecer já estavam de pé e novamente a caminho. Não tinham visto nenhum sinal de perseguidores, o que levou Jefferson Hope a concluir que já estavam praticamente fora do alcance da terrível organização, cuja ira haviam despertado. Ele não podia imaginar a que distância chegava aquela mão de ferro, nem com que rapidez ela desceria para aniquilá-los.

Mais ou menos na metade do segundo dia de fuga, as poucas provisões que haviam levado começaram a escassear. Mas este era um detalhe que pouco preocupava Jefferson Hope, porque havia muita caça nas montanhas e, com frequência, em ocasiões anteriores, ele dependera de seu rifle para garantir o próprio sustento. Escolhendo um recanto abrigado, ele empilhou alguns galhos secos e fez uma boa fogueira para aquecer os companheiros, já que agora estavam a uns 1.500 metros acima do nível do mar, e o ar era frio e cortante naqueles lugares. Após amarrar os animais, despediu-se de Lucy, jogou o rifle no ombro e partiu em busca da caça que aparecesse diante dele. Olhando para trás, viu o velho e a jovem acocorados junto ao fogo vivo, enquanto os três animais permaneciam imóveis mais ao fundo. Depois, os rochedos impediram que ele continuasse a vê-los.

Caminhou por uns 3 quilômetros, subindo e descendo uma ravina após a outra sem nenhuma sorte, embora achasse que havia muitos ursos nas imediações, a julgar pelas marcas deixadas na casca das árvores e por outras indicações. Por fim, após duas ou três horas de busca inútil, quando já estava se desesperando e pensando em voltar, ergueu os olhos por acaso e avistou algo que encheu seu coração de satisfação. Na borda de um penhasco inclinado, uns 100 metros acima, viu algo que parecia um carneiro, mas com chifres enormes. O chifre comprido – pois é chamado assim – certamente estava ali guardando um rebanho que o caçador não podia ver; por sorte, o animal estava indo na direção oposta, por isso não o pressentiu. Deitando-se de bruços, Jefferson Hope apoiou o rifle em uma rocha e fez uma pontaria cuidadosa antes de apertar o gatilho. O animal deu um salto, tropeçou na borda do precipício e depois rolou para o vale mais abaixo.

Era um animal pesado demais para ser carregado, de modo que o caçador contentou-se em cortar-lhe um quarto e parte do flanco. Com seu troféu sobre o ombro, apressou-se a voltar, porque a noite se aproximava rapidamente. Entretanto, mal começara a caminhar quando percebeu a dificuldade em que se encontrava. Em sua ansiedade, ultrapassara as ravinas que ele conhecia e agora tinha problemas em encontrar o caminho por onde chegara até ali. O vale em que estava era dividido e subdividido em inúmeras gargantas, tão parecidas, que era quase impossível distinguir uma da outra. Embrenhou-se em uma delas por um quilômetro e meio ou pouco mais, até chegar a um rio de montanha que, tinha certeza, nunca vira antes. Achando que tomara a direção errada, tentou outro rumo, com o mesmo resultado. A noite caía rapidamente e estava quase escuro quando, finalmente, viu-se em um desfiladeiro que lhe era familiar. Mesmo assim, não foi fácil seguir o caminho certo, porque a lua ainda não despontara e os altos penhascos das margens tornaram a escuridão ainda mais profunda. Sobrecarregado com a parte da caça abatida, cansado pelo esforço, ele seguia cambaleando, animado pela ideia de que cada passo o levava para mais perto de Lucy, e que carregava o suficiente para garantir a alimentação pelo resto da jornada.

Finalmente chegou a entrada do desfiladeiro em que deixara seus companheiros. Mesmo na escuridão, pôde reconhecer o perfil dos penhascos que o cercavam. Imaginou que pai e filha deviam estar esperando ansiosamente por ele, pois ficara ausente por quase cinco horas. Cheio de alegria, levou as mãos à boca e gritou um forte "olá", que reboou por todo o vale, avisando que já se aproximava. Fez uma pausa e ficou esperando uma resposta. Nada chegou até ele a não ser seu próprio grito, que ecoou nas ravinas profundas e silenciosas e voltou aos seus ouvidos em incontáveis repetições. Gritou novamente, mais alto que antes e, pela segunda vez, não ouviu nenhum sussurro dos amigos que ali deixara tão pouco tempo antes. Um terror vago, indescritível, apoderou-se dele, fazendo com que corresse freneticamente e, em sua agitação, deixasse cair o alimento precioso.

Quando dobrou a curva da trilha, teve uma visão total do lugar onde a fogueira fora acesa. Ali ainda havia uma pilha de tições cintilantes, mas era evidente que o fogo não fora reavivado desde a sua partida. O mesmo silêncio mortal reinava nos arredores. Com o temor transformado em certeza, ele continuou a correr. Não havia um único ser vivo perto dos restos da fogueira: animais, homem e mulher haviam desaparecido. Era óbvio que algum desastre terrível e repentino ocorrera em sua ausência – uma catástrofe que atingira todos eles, mas que não tinha deixado o menor vestígio.

Atordoado, perturbado por aquele golpe, Jefferson Hope sentiu a cabeça girar e precisou apoiar-se no rifle para não cair. Logo se recuperou da passageira impotência porque era, essencialmente, um homem de ação. Pegando um pedaço de lenha meio consumido da fogueira, soprou-o até conseguir uma chama e, com ela, começou a examinar o pequeno acampamento. O solo aparecia pisoteado por vários cascos de cavalos, indicando que um grande grupo de cavaleiros dominara os fugitivos; a direção das pegadas revelava que, depois disso, tinham todos voltado a Salt Lake City. Será que seus dois companheiros tinham sido levados com eles? Jefferson Hope já quase se convencera disso, quando seus olhos perceberam algo – e cada nervo de seu corpo estremeceu. Um pouco adiante, a um lado do acampamento, havia um montículo de terra avermelhada que, disso ele tinha certeza, não estava ali antes. Não havia dúvida de que era uma sepultura recente. Ao aproximar-se, ele reparou que um pedaço de madeira fora cravado sobre o monte de terra, com um papel enfiado na bifurcação da madeira. A inscrição no papel era curta, mas dizia tudo:

John Ferrier, originário de Salt Lake City.

Falecido no dia 4 de agosto de 1860

Então, o vigoroso velho que deixara ali tão pouco tempo antes, havia desaparecido, e aquele era o seu único epitáfio! Jefferson Hope olhou em torno, desesperado, à procura de uma segunda sepultura. Não encontrou. Lucy fora levada por seus terríveis perseguidores para cumprir o destino que lhe tinham traçado – o de pertencer ao harém do filho de um ancião. Quando o jovem caçador compreendeu que esse seria o destino inevitável da moça e que era incapaz de evitá-lo, também desejou estar deitado do lado do velho fazendeiro em sua última e silenciosa morada.

Entretanto, seu espírito combativo mais uma vez sacudiu a letargia provocada pelo desespero. Já que nada mais lhe restava, pelo menos poderia dedicar sua vida à vingança. Além de paciência e perseverança, ele também aprendera, talvez com os índios com os quais convivera, a persistir no espírito de vingança. Enquanto permanecia de pé ao lado do fogo que se extinguia, sentiu que a única coisa capaz de amenizar sua dor seria uma vingança total e absoluta, executada por suas próprias mãos contra os inimigos. Naquele momento, decidiu que sua vontade férrea e sua energia inesgotável seriam dedicadas exclusivamente a essa finalidade. Com o rosto pálido e taciturno, voltou até onde deixara cair o pedaço de carne e, depois de atiçar o fogo agonizante, cozinhou o suficiente para durar alguns dias. Fez um fardo com aquele alimento e, embora cansado, recomeçou a caminhar de volta às montanhas, seguindo o rastro dos Anjos Vingadores.

Durante cinco dias, com os pés doloridos e caindo de cansaço, percorreu os desfiladeiros já cruzados no lombo do cavalo. À noite, deitava-se para dormir algumas horas entre as rochas; mas antes de o dia romper já percorrera um bom caminho. No sexto dia, chegou à Ravina da Águia, local em que começara aquela fuga infeliz. Dali, podia ver a terra dos Santos. Exausto e enfraquecido, apoiou-se no rifle e ergueu o punho descarnado contra a cidade silenciosa, que se estendia mais abaixo. Enquanto a observava, notou que havia bandeiras desfraldadas em algumas das ruas principais e outros sinais de festa. Ainda estava imaginando o que poderia ser aquilo quando ouviu o ruído de cascos de cavalo e viu um cavaleiro que vinha na sua direção. Quando o homem chegou mais perto, Jefferson Hope reconheceu um mórmon chamado Cowper, a quem prestara serviços em várias ocasiões.

Aproximou-se dele com o objetivo de perguntar o que acontecera com Lucy Ferrier.

– Sou Jefferson Hope – disse. – Lembra-se de mim, não?

O mórmon olhou para ele com indisfarçável espanto. Na verdade, era difícil reconhecer naquele andarilho sujo e esfarrapado, de rosto encovado e olhos febris, o jovem e garboso caçador de dias passados. Mas quando teve certeza da identidade do homem, a surpresa do mórmon transformou-se em consternação.

– É loucura vir aqui! – exclamou ele. – Minha vida estará em perigo, se me virem falando com você. Os Quatro Sagrados expediram uma ordem para capturá-lo, por ter ajudado os Ferrier a fugir.

– Não tenho medo deles nem de sua ordem – respondeu Hope com sinceridade. – Você deve saber alguma coisa sobre este assunto, Cowper. Por tudo que lhe é mais sagrado, peço que responda a algumas perguntas. Sempre fomos amigos. Por Deus, não me recuse este pedido!

– De que se trata? – perguntou o mórmon, inquieto. – Seja rápido. As próprias rochas têm ouvidos e as árvores têm olhos.

– O que aconteceu a Lucy Ferrier?

– Ela se casou ontem com o jovem Drebber. Coragem, homem, coragem! Não lhe sobra muita vida, pelo que estou vendo...

– Não se importe comigo – disse Hope, fracamente. Até seus lábios haviam perdido a cor e ele se deixou cair sobre a rocha em que se encostava.

– Casou-se, foi o que disse?

– Exatamente. Ontem. É por isso que a Casa dos Donativos está toda embandeirada. Houve uma discussão entre Drebber e Stangerson, porque não chegavam a um acordo sobre quem ficaria com ela. Ambos estavam no grupo que os perseguiu e Stangerson baleou o pai da moça, o que parecia dar-lhe mais direito de tê-la. Mas quando o caso foi levado ao Conselho, o Profeta decidiu-se por Drebber, que era apoiado por um grupo mais forte. De qualquer modo, nenhum deles a teria por muito tempo, porque ontem eu vi a morte no rosto da moça. Ela parece mais um fantasma do que uma mulher. Já vai embora?

– Sim, vou – respondeu Jefferson Hope, que se levantara.

Seu rosto parecia esculpido em mármore, tão duras e imóveis eram as feições, enquanto os olhos ardiam com um brilho funesto.

– Para onde vai?

– Não interessa – ele respondeu.

Pendurou o rifle no ombro, começou a caminhar a passos largos pelo desfiladeiro e rumou para o coração das montanhas, onde ficavam os covis dos animais ferozes. Mas nenhum desses animais era mais feroz e perigoso que ele próprio.

A previsão do mórmon foi cumprida com incrível rapidez. Fosse pela morte terrível do pai ou pelos efeitos do odioso casamento a que fora obrigada, a pobre Lucy nunca mais levantou a cabeça, e foi definhando até morrer um mês depois. O brutal Drebber, que a desposara principalmente por causa dos bens de John Ferrier, não pareceu nem um pouco abalado pela morte, mas suas outras esposas lamentaram e velaram seu corpo na véspera do sepultamento, segundo os costumes mórmons. Ainda estavam reunidas em volta do ataúde, nas primeiras horas da manhã, quando, para seu assombro, a porta foi escancarada e elas viram o homem de expressão selvagem que invadia o recinto, abatido, com as roupas em farrapos. Sem um olhar ou uma palavra às aturdidas mulheres, ele se aproximou da figura branca e silenciosa que abrigara a alma pura de Lucy Ferrier. Inclinando-se, pousou reverentemente os lábios na testa gelada da morta e, tomando-lhe a mão, retirou a aliança de seu dedo.

– Ela não será sepultada com isto! – gritou com ferocidade.

E antes que alguém pudesse dar o alarme, ele desceu rapidamente a escada e sumiu. O incidente foi tão rápido e estranho, que as próprias testemunhas poderiam duvidar do que viram ou teriam dificuldade em convencer alguém do que acontecera, se não fosse o fato inegável de que Lucy Ferrier não tinha mais no dedo a aliança de esposa.

Durante alguns meses, Jefferson Hope perambulou pelas montanhas, levando uma existência selvagem e acalentando o feroz desejo de vingança que o dominara. Na cidade, contavam-se histórias sobre a fantasmagórica figura que era vista vagando pelos subúrbios ou esgueirando-se pelos desfiladeiros desertos da montanha. Certa vez, uma bala atravessou a janela de Stangerson e cravou-se na parede, a poucos centímetros dele. Em outra ocasião, quando Drebber passava sob um penhasco, um enorme pedregulho despencou de grande altura e ele só escapou de uma morte terrível porque jogou-se no chão. Os dois jovens mórmons descobriram em pouco tempo os motivos desses atentados contra suas vidas e organizaram sucessivas expedições às montanhas na esperança de capturar ou matar o inimigo, mas sempre sem sucesso. Então, passaram a adotar a precaução de nunca saírem desacompanhados ou depois de anoitecer, além de manterem suas casas sob vigilância. Após algum tempo, como nada mais fora ouvido sobre seu adversário e ninguém o vira, eles acabaram relaxando essas medidas, e esperavam que o tempo tivesse acalmado o furor vingativo de Jefferson Hope.

Ao contrário dessa expectativa, o ódio do jovem caçador só aumentara. Seu caráter era firme e implacável, e a ideia da vingança o dominava de tal modo que não deixava espaço para nenhuma outra emoção. Mas, acima de tudo, ele era um homem prático. Logo percebeu que nem mesmo sua vigorosa constituição física suportaria a tensão permanente a que era submetida. A vida ao relento e a falta de uma alimentação sadia o estavam desgastando. Se morresse como um cão entre as montanhas, o que seria de sua ansiada vingança? No entanto, tudo indicava a iminência de uma morte assim, se continuasse a levar aquele tipo de vida. Compreendeu que assim estava fazendo o jogo do inimigo e, com relutância, voltou às velhas minas de Nevada, para recuperar a saúde e conseguir dinheiro suficiente para atingir seu objetivo sem passar privações.

Sua intenção fora a de ausentar-se por um ano, no máximo, mas uma série de circunstâncias inesperadas fez com que permanecesse nas minas por quase cinco anos. Findo esse tempo, no entanto, a lembrança do que sofrera e a sede de vingança estavam tão vivas como naquela noite inesquecível em que permaneceu junto à sepultura de John Ferrier. Disfarçado e com um nome falso, voltou a Salt Lake City, sem se preocupar com o que pudesse acontecer com ele, desde que obtivesse o que considerava justiça. Entretanto, lá o esperavam más notícias. Alguns meses antes havia ocorrido uma separação entre o povo eleito, com alguns membros mais novos da igreja rebelando-se contra a autoridade dos anciãos. Em consequência, houve o afastamento de um certo número de descontentes, que deixaram Utá e abandonaram a crença. Entre estes estavam Drebber e Stangerson, e ninguém sabia dizer onde eles estavam. Havia rumores de que Drebber conseguira converter em dinheiro grande parte de suas propriedades, e partira de lá como um homem rico, ao passo que seu companheiro Stangerson era relativamente pobre. Mas não havia a menor pista sobre o rumo que haviam tomado.

Muitos homens, por mais vingativos que fossem, teriam desistido da ideia de vingança diante dessa dificuldade, mas Jefferson Hope não vacilou nem um momento. Com os escassos recursos que possuía, mais o que conseguia ganhar em empregos temporários, ele viajou de cidade em cidade, através do país, perseguindo seus inimigos. Os anos foram passando, seus cabelos negros ficaram grisalhos, mas ele persistia em sua decisão, como um cão de caça humano, a mente concentrada inteiramente no único objetivo ao qual dedicara toda a vida. Por fim, sua persistência foi recompensada. Foi apenas o vislumbre de um rosto em uma janela, mas foi o suficiente para mostrar que os homens perseguidos estavam em Cleveland, no Ohio. Quando voltou ao seu alojamento miserável, tinha um plano de vingança já pronto. Aconteceu, no entanto, que, ao olhar pela janela, Drebber reconhecera o vagabundo que passava pela rua e lera a intenção homicida em seus olhos. Acompanhado de Stangerson, que se tornara seu secretário particular, procurou imediatamente um juiz, e contou a ele que sua vida e a do amigo estavam em perigo, por causa do ódio e do ciúme de um antigo rival. Jefferson Hope foi detido nessa mesma noite e, não conseguindo fiança, ficou algumas semanas na prisão. Quando finalmente foi libertado, ficou sabendo que a casa de Drebber estava vazia, porque ele e o secretário tinham viajado para a Europa.

Mais uma vez o vingador ficou frustrado e, de novo, o ódio concentrado o impeliu a continuar a perseguição. Mas estava sem dinheiro e precisou voltar a trabalhar por algum tempo, poupando cada dólar que podia para a viagem iminente.

Por fim, tendo juntado o mínimo indispensável para se sustentar, Jefferson Hope embarcou para a Europa e seguiu a pista de seus inimigos de cidade em cidade, e trabalhando, enquanto isso, em serviços braçais, mas ainda sem alcançar os fugitivos. Quando chegou a São Petersburgo, os dois haviam partido para Paris; e quando chegou, ficou sabendo que eles tinham acabado de viajar para Copenhague. Também chegou à capital dinamarquesa com alguns dias de atraso, porque Drebber e Stangerson já haviam partido para Londres, onde finalmente conseguiu encontrá-los.

Quanto ao que ocorreu na capital inglesa, o melhor que podemos fazer é citar o próprio relato do agora velho caçador, como ficou registrado no Diário do dr. Watson, a quem já devemos tanto.

6

Continuação das memórias do Dr. John Watson

A resistência violenta do nosso prisioneiro não parecia indicar nenhuma animosidade dele para conosco porque, ao se ver impotente, sorriu de modo afável e disse que esperava não ter machucado nenhum de nós durante a luta.

– Acho que pretendem levar-me para o posto policial – disse ele a Sherlock Holmes. – Meu táxi está aí na porta. Se soltarem minhas pernas, irei caminhando até lá. Não sou mais tão leve como antigamente.

Gregson e Lestrade entreolharam-se, como se considerassem a proposta um tanto temerária, mas Holmes aceitou imediatamente a palavra do prisioneiro e afrouxou a toalha com que amarrara os tornozelos dele. O homem levantou-se e esticou as pernas, como para certificar-se de que estavam livres novamente. Ao observá-lo, lembro-me de ter dito para mim mesmo que raramente vira um homem de constituição mais robusta. Além disso, havia em seu rosto moreno e queimado de sol uma expressão tão decidida e enérgica que, em intensidade, podia ser comparada à sua formidável força física.

– Se existe uma vaga para chefe de polícia, reconheço que você é o mais indicado – disse ele, fitando meu companheiro de moradia com indisfarçada admiração. – O modo como seguiu minha pista é garantia suficiente.

– É melhor que venham comigo – disse Holmes aos dois detetives.

– Eu posso levá-los – se ofereceu Lestrade.

– Ótimo. E Gregson ficará comigo dentro da carruagem. Venha também, doutor. Já que se interessou pelo caso, que o acompanhe até o final.

Concordei satisfeito, e descemos todos juntos.

Nosso prisioneiro não tentou fugir, mas entrou tranquilamente no táxi que lhe pertencera, seguido por nós. Lestrade subiu para a boleia, chicoteou o cavalo, e em pouco tempo conduziu-nos ao nosso destino. Fomos levados até uma sala pequena, onde um inspetor de polícia anotou o nome de nosso prisioneiro e os dos homens de cuja morte era acusado. O inspetor era um homem imperturbável, de rosto pálido, que cumpriu seu dever de modo apático e indiferente.

– O prisioneiro comparecerá perante os magistrados no decorrer desta semana – declarou.– Nesse meio-tempo, Sr. Jefferson Hope, deseja fazer alguma declaração? Devo avisá-lo de que suas palavras ficarão registradas e poderão ser usadas contra o senhor.

– Tenho muita coisa a declarar – disse lentamente o prisioneiro. – Quero contar toda a história aos cavalheiros.

– Não seria melhor reservar-se para o julgamento? – sugeriu o inspetor.

– Talvez eu nem seja julgado – respondeu ele.

– Não se alarmem. Não estou pensando em me suicidar. O senhor é médico?

Ao fazer a pergunta, Jefferson Hope virou para mim seus olhou escuros e febris.

– Sim, sou médico – respondi.

– Então, ponha a mão aqui – disse ele com um sorriso, apontando as mãos algemadas para o peito.

Assim fiz e imediatamente percebi sua pulsação cardíaca descontrolada. As paredes do peito pareciam vibrar e estremecer como uma edificação frágil, em cujo interior funcionasse um poderoso maquinismo. No silêncio da sala, pude também ouvir um zumbido seco que vinha do mesmo lugar. Concluí:

– Ora! Você está com um aneurisma da aorta!

– É esse o nome que lhe dão os médicos – disse ele, placidamente. – Consultei um na semana passada, e ele me disse que isso está para estourar em poucos dias. Fui piorando com o passar dos anos. Fiquei assim por levar uma vida ao relento e sem alimentação adequada, entre as montanhas de Salt Lake. Mas agora meu trabalho já está concluído e não fará muita diferença, se morrer hoje ou amanhã. De qualquer modo, gostaria de deixar um relato de tudo o que aconteceu. Não quero ser lembrado como um assassino comum.

O inspetor e os dois detetives tiveram uma rápida discussão sobre a conveniência de permitirem que ele narrasse sua história.

– Em sua opinião, doutor, há perigo de vida imediato? – perguntou o inspetor.

– Tudo leva a crer que sim – respondi.

– Neste caso, visando ao interesse da justiça, nosso dever é tomar o seu depoimento – disse o inspetor.

– Pode fazer o seu relato, Sr. Hope, mas torno a avisar que suas palavras serão registradas.

– Com sua licença, gostaria de sentar-me – disse o prisioneiro, passando das palavras à ação. – Esse aneurisma me deixa cansado com facilidade e a briga que tivemos há meia hora não melhorou em nada a situação. Estou à beira da sepultura, de modo que não iria mentir para os senhores. Cada palavra minha será a absoluta expressão da verdade e para mim não faz diferença o modo como irão usar o que eu disser.

Ao falar, Jefferson Hope recostou-se na cadeira e então teve início uma narrativa extraordinária. Ele se expressava em voz tranquila e metódica, como se os acontecimentos relatados fossem absolutamente corriqueiros. Posso atestar a precisão do que foi dito, porque tive acesso ao caderno de notas de Lestrade, no qual ficaram registradas as palavras do prisioneiro, exatamente como foram proferidas.

– Não lhes interessa muito o motivo pelo qual eu odiava aqueles homens – disse ele. – Basta saber que eram culpados da morte de dois seres humanos – pai e filha – e que, por isso, haviam perdido o direito à própria vida. Após todo o tempo decorrido desde que cometeram seu crime, seria impossível para mim apresentar acusação contra eles em qualquer tribunal. Mas eu sabia que eram culpados, de modo que decidi ser juiz, jurados e executor ao mesmo tempo. Os senhores agiriam da mesma forma, como homens de brio, se estivessem em meu lugar.

– A moça de quem falei ia casar-se comigo há vinte anos, mas foi obrigada a casar-se com esse Drebber, o que lhe despedaçou o coração e a matou. Tirei a aliança de seu dedo quando ela já estava no ataúde, jurando que os olhos agonizantes de Drebber se fechariam contemplando o anel, que seus últimos pensamentos seriam sobre o crime pelo qual era castigado. Levei a aliança sempre comigo e segui os dois, ele e seu cúmplice, através de dois continentes, até agarrá-los. Eles esperavam que eu me cansasse e desistisse, mas não conseguiram. Se eu morrer amanhã, o que é bem provável, morrerei sabendo que cumpri minha missão neste mundo e que a cumpri bem. Os dois morreram, e pelas minhas mãos. Não espero nem desejo mais nada.

– Os dois eram ricos e eu era pobre, de modo que não era fácil segui-los. Quando cheguei a Londres, estava com os bolsos vazios e percebi que precisava fazer alguma coisa para sobreviver. Conduzir cavalos e montá-los sempre foi tão natural para mim como caminhar, de modo que me apresentei ao dono de uma cocheira e logo consegui emprego. Deveria lhe entregar uma determinada quantia semanal, e ficava com o dinheiro que sobrasse. Raramente sobrava grande coisa, mas dava para ir vivendo. O pior foi aprender a movimentar-me; confesso que, de todos os labirintos já inventados, o das ruas desta cidade é o mais confuso. Mas eu tinha sempre comigo um mapa de Londres, e quando fiquei conhecendo a localização dos principais hotéis e estações, saí-me muito bem.

– Demorou algum tempo até que eu descobrisse onde moravam meus dois cavalheiros, mas fui perguntando, aqui e ali, até que finalmente os encontrei. Estavam hospedados em uma pensão em Camberwell, do outro lado do rio. Assim que os descobri, soube que estavam à minha mercê. Eu havia deixado a barba crescer e não havia possibilidade de me reconhecerem. Decidi rastreá-los e segui-los até chegar a minha oportunidade. Não os deixaria escapar desta vez.

– Estiveram bem perto disso, mas onde quer que fossem em Londres, eu estava sempre nos seus calcanhares. Às vezes eu os seguia no meu coche, outras vezes a pé, mas era melhor da primeira forma, porque assim não se distanciavam muito de mim. Só nas primeiras horas da manhã ou tarde da noite é que eu conseguia ganhar alguma coisa, de modo que comecei a ficar atrasado nos pagamentos ao dono da cocheira. Mas, isso não me preocupava, desde que eu conseguisse pôr as mãos nos homens que perseguia.

– Mas os dois eram espertos. Devem ter imaginado que havia uma possibilidade de serem seguidos, porque nunca saíam sozinhos e nem à noite. Fiquei atrás deles durante duas semanas, dia após dia, e nunca os vi separados. Drebber ficava embriagado a maior parte do tempo, mas Stangerson estava sempre vigilante. Continuei a vigiá-los, de manhã à noite, sem jamais encontrar a menor oportunidade. Mas isso não me desanimou, porque algo me dizia que a hora estava próxima. Meu único receio era que esta coisa em meu peito pudesse estourar um pouco antes do tempo, impedindo que eu terminasse o trabalho.

– Uma noite, finalmente, quando eu subia e descia a Torquay Terrace, que é o nome da rua onde estavam hospedados, vi um coche parar à porta da pensão. Pouco depois, algumas bagagens foram levadas para fora e, momentos mais tarde, surgiam Drebber e Stangerson. Os dois entraram no coche e se afastaram. Chicoteei meu cavalo, sem perdê-los de vista e bastante aborrecido, temendo que fossem mudar de pouso. Os dois saltaram na Euston Station.

Deixei um garoto tomando conta de meu cavalo e os segui até a plataforma. Ouvi quando perguntaram pelo trem de Liverpool; o guarda respondeu que acabara de partir e que só haveria outro algumas horas mais tarde. Stangerson pareceu irritado com o contratempo, mas Drebber, pelo contrário, até parecia satisfeito. Cheguei tão perto deles, em meio à movimentação de passageiros, que ouvi cada palavra trocada entre os dois. Drebber disse que tinha um assunto particular para resolver e que se o outro o esperasse, logo se encontraria com ele. Seu companheiro não gostou da ideia, discutiu, lembrando que haviam decidido ficar sempre juntos, mas Drebber argumentou que o tal assunto era delicado e que precisava resolvê-lo sozinho.

– Não entendi o que Stangerson respondeu, mas o outro começou a praguejar, lembrando que ele não passava de um empregado assalariado, cuja função era apenas servi-lo, e não lhe dizer o que devia fazer. O secretário compreendeu que não adiantava insistir, ficando então combinado que se Drebber perdesse o último trem, deveria ir encontrá-lo no Hotel Halliday. Drebber respondeu que estaria na estação antes das 23 horas, e foi embora.

– Finalmente chegara o momento pelo qual eu tanto esperara. Os inimigos estavam em meu poder. Juntos, poderiam proteger-se um ao outro, mas, separados, ficavam à minha mercê. Ainda assim, não agi precipitadamente. Já tinha tudo planejado e não há satisfação na vingança, a menos que a vítima tenha tempo de saber quem o ataca e por que. Eu tramara uma maneira de fazer meu inimigo compreender que estava recebendo o justo pagamento por seu antigo pecado. Por acaso, alguns dias antes um cavalheiro que fora ver algumas casas na Brixton Road esquecera a chave de uma delas em meu coche. Na mesma tarde ele a reclamou e ela lhe foi devolvida, mas no intervalo pude tirar o molde da chave e mandar fazer uma duplicata. Desta forma, eu teria acesso a pelo menos um lugar nesta grande cidade, onde poderia agir sem ser interrompido. Como atrair Drebber àquela casa era um problema difícil que eu teria que resolver.

– Ele desceu a rua e entrou em dois ou três bares, permanecendo no último por quase meia hora. Quando saiu, caminhava com passos pouco firmes, sinal de que exagerara na bebida. Um cupê ia logo à frente do meu coche, e Drebber o fez parar. Passei a segui-lo tão de perto que o focinho do meu cavalo nunca ficou a menos de um metro de seu cocheiro durante todo o trajeto. Cruzamos a ponte de Waterloo e percorremos quilômetros e quilômetros de ruas até que, para meu espanto, estávamos de volta à rua da pensão onde ele se hospedara. Eu não podia imaginar qual era a sua intenção ao voltar àquela casa, mas segui em frente e estacionei meu coche a uns 100 metros dali. Ele entrou no prédio e seu cupê foi embora. Por favor, deem-me um copo d'água. Estou com a boca seca de tanto falar.

Estendi-lhe o copo e ele bebeu todo o conteúdo.

– Assim está melhor – disse. – Bem, fiquei ali esperando durante uns 15 minutos mais ou menos, quando, de repente, ouvi um ruído como de pessoas lutando dentro da casa. Em seguida, a porta escancarou-se e surgiram dois homens. Um deles era Drebber, o outro, um rapaz que eu nunca vira antes. O jovem agarrava Drebber pela gola e, chegando ao alto da escada, deu-lhe um empurrão e um pontapé que o lançaram quase no meio da rua. "Patife!", gritou o rapaz, brandindo a bengala. "Eu lhe mostro como se insulta uma moça honesta!" Estava tão enfurecido que poderia ter moído Drebber a bengaladas, se o canalha não se apressasse a descer à rua, cambaleando o mais depressa que lhe permitiam as pernas sem firmeza. Correu assim até a esquina e, vendo meu coche, fez sinal e embarcou. "Leve-me para o Hotel Halliday", disse ele.

– Quando ele entrou no meu coche, senti o coração pulsar no peito com tamanha alegria, que receei que neste último momento meu aneurisma não suportasse a tensão. Segui lentamente pela rua, pensando na melhor atitude a tomar. Poderia levá-lo diretamente para o campo e, em alguma estrada deserta, ter minha última entrevista com Drebber. Já estava quase decidido a fazer isto, quando ele próprio resolveu o problema para mim. Novamente dominado pela ânsia de beber, ordenou-me que parasse diante de um bar. Ele desceu e entrou, recomendando que ficasse à sua espera. Ficou ali até a hora em que a casa fechou. Ao sair, estava tão embriagado que tive certeza de que não haveria possibilidade de me escapar.

– Não pensem que minha intenção era matá-lo a sangue-frio. Agindo assim, estaria cumprindo a mais estrita justiça, mas não me conformava com tão pouco. Há muito tempo eu decidira dar-lhe uma oportunidade de lutar pela vida, caso assim escolhesse. Entre os muitos ofícios que exerci na América durante minha vida de andarilho, uma ocasião fui porteiro e varredor do laboratório da Universidade de York. Um dia, o professor deu uma aula sobre venenos e mostrou aos alunos alguns alcaloides, como os chamava, que extraíra de determinado veneno para flechas da América do Sul, e disse que ele era tão potente que a menor dose provocava a morte imediata. Localizei o frasco em que era guardado aquele preparado e peguei uma pequena quantidade depois que todos se retiraram. Eu tinha alguma prática como farmacêutico, de modo que transformei aquele alcaloide em duas pequenas pílulas solúveis. Pus cada uma delas em uma caixinha, juntamente com uma pílula idêntica, mas feita sem o veneno. Decidi que quando chegasse momento do encontro com meus dois cavalheiros, cada um escolheria a sua pílula e eu ficaria com a restante. Seria um método igualmente mortal e muito menos barulhento que um revólver disparado através de um lenço. Daquele dia em diante, sempre carreguei comigo as caixinhas com as pílulas, e agora chegara o momento de usá-las.

– Estava mais perto de uma hora que de meia-noite. Era uma noite horrível, gelada, com um vento furioso, e chovia a cântaros. No entanto, por pior que fosse o tempo lá fora, por dentro eu estava eufórico, a ponto de desejar gritar de pura exultação. Se algum dos senhores já sonhou ardentemente com uma coisa durante vinte longos anos e, de repente, a tem ao alcance da mão, compreenderá como eu me sentia naquele momento. Acendi um charuto e dei algumas baforadas para acalmar os nervos, mas minhas mãos tremiam e as têmporas latejavam de excitação. Enquanto conduzia o coche, podia ver o velho John Ferrier e a doce Lucy sorrindo para mim, do meio das trevas, tão nitidamente como agora eu os vejo aqui nesta sala. Durante todo o trajeto eles permaneceram na minha frente, um de cada lado do cavalo, até que parei diante da casa em Brixton Road.

– Não havia vivalma por perto e não se ouvia som algum, a não ser o da chuva caindo. Quando olhei pela janelinha do coche, vi Drebber encolhido no assento, dormindo seu sono de bêbado. Eu o sacudi por um braço. "Está na hora de descer", avisei. "Muito bem, cocheiro", respondeu.

– Acho que ele pensou que tínhamos chegado ao hotel que mencionara, porque saiu sem dizer mais nada e me seguiu pelo jardim. Tive que caminhar a seu lado para ampará-lo, porque não se sustentava direito nas pernas. Quando chegamos à porta, eu a abri e o fiz entrar na sala da frente. Dou-lhes a minha palavra de que, durante o tempo todo, pai e filha iam caminhando à nossa frente. "Está escuro como o diabo", disse ele, arrastando os pés. "Logo teremos luz", falei, riscando um fósforo e acendendo uma vela de cera que levara comigo. "E agora, Enoch Drebber", acrescentei, virando-me para ele e erguendo a vela à altura do meu rosto, "quem sou eu?"

– A princípio, ele me fitou com uma expressão apática e embriagada, mas depois o horror brotou em seus olhos e distorceu suas feições, sinal de que me identificara. Recuou, com o rosto lívido, enquanto eu notava o suor que lhe pontilhava a testa e ouvia seus dentes batendo. Diante daquele quadro, encostei-me na porta e caí na gargalhada. Eu sempre imaginara que a vingança seria doce, mas nunca esperara ser dominado por tanta satisfação.

– "Cão asqueroso!", exclamei. "Segui seu rastro de Salt Lake City a São Petersburgo, mas sempre me escapou. Agora, finalmente, suas andanças terminaram, porque um de nós dois não verá o sol nascer amanhã."

– O sangue martelava nas minhas têmporas e acho que teria tido algum tipo de ataque, se parte dele não esguichasse pelo meu nariz, deixando-me aliviado.

– "O que pensa agora de Lucy Ferrier?", gritei, trancando a porta e sacudindo a chave diante de seu rosto. "O castigo custou a chegar, mas finalmente o alcançou!"

– Vi como os lábios do covarde tremiam enquanto eu falava. Drebber teria implorado por sua vida, mas sabia perfeitamente que seria inútil.

– "Vai me assassinar?", ele gaguejou.

– "Não haverá nenhum assassinato", disse. "Desde quando matar um cão danado é assassinato? Que piedade você teve com a minha infeliz noiva, quando a arrancou de perto do túmulo do pai trucidado e a levou para o seu harém amaldiçoado e indecente?" – "Não fui eu que matei o pai dela!", exclamou ele.

– "Mas foi você que despedaçou o coração inocente dela!" vociferei, estendendo a caixinha para ele. "Que Deus julgue entre nós dois. Escolha uma e engula. Há morte em uma delas e vida na outra. Ficarei com a que você rejeitar. Vejamos se existe justiça na Terra ou se somos governados pelo acaso!"

– Acovardado, ele tentou fugir, entre gritos alucinados e súplicas por misericórdia, mas puxei minha faca e a encostei em sua garganta até ele me obedecer. Engoli a pílula restante e ficamos de pé, frente a frente, por um minuto ou mais, esperando para saber quem viveria e quem morreria. Jamais poderei esquecer a expressão que surgiu no rosto dele, ao sentir as primeiras pontadas de dor, anunciando que o veneno estava em seu organismo! Ri quando vi aquilo, e então suspendi a aliança de Lucy diante de seus olhos. Foi apenas por um rápido instante, porque a ação do alcaloide é fulminante. Um espasmo de agonia lhe contorceu as feições; ele estendeu as mãos para a frente, cambaleou e então, com um grito rouco, caiu pesadamente no chão. Virei-o com o pé e pus a mão sobre seu coração. Não senti nada. Drebber estava morto!

– O sangue estivera correndo do meu nariz, mas eu nem percebera. Não sei a que atribuir a ideia que tive de usá-lo para escrever na parede. Talvez fosse o desejo malicioso de lançar a polícia em uma pista falsa, porque me sentia alegre, bem-humorado. Recordei o caso de um alemão encontrado morto em Nova York, com a palavra RACHE escrita acima dele. Na ocasião, os jornais atribuíram aquilo a sociedades secretas. Imaginei que, como aquilo confundira os nova-iorquinos, confundiria também os londrinos. Então, molhando o dedo em meu sangue, escrevi a mesma palavra em um lugar conveniente da parede. Voltei depois para meu coche. A rua continuava deserta, porque era uma noite horrível. Já havia percorrido uma certa distância quando, ao pôr a mão no bolso onde costumava guardar a aliança de Lucy, dei pela falta dela. Fiquei completamente aturdido, porque era a única recordação que restara dela. Imaginando que devia tê-la deixado cair quando me debrucei sobre o corpo de Drebber, voltei, deixei o coche numa rua lateral e, numa atitude ousada, fui até a casa – porque eu estava disposto a tudo, menos a ficar sem aquela aliança. Ao chegar lá, quase esbarro em um policial que ia saindo, e só consegui afastar-lhe as suspeitas fingindo estar completamente embriagado.

– Foi assim que Enoch Drebber morreu. Agora, tudo que eu tinha a fazer era dar o mesmo castigo a Stangerson, para que ele pagasse sua dívida com John Ferrier. Eu sabia que ele estava hospedado no Hotel Halliday, e perambulei pelos arredores o dia inteiro, mas ele não saiu nem uma vez. Imagino que suspeitasse de algo, quando Drebber deixou de ir ao seu encontro. Stangerson era esperto, nunca afrouxava a guarda. Mas se pensava que podia se livrar de mim ficando dentro do hotel, estava redondamente enganado. Logo descobri qual era a janela de seu quarto. Na manhã seguinte, usando uma das escadas que eram deixadas na alameda atrás do hotel, entrei no seu quarto quando o dia mal clareava. Acordei-o e lhe disse que chegara a hora de prestar contas pela vida que tirara, tanto tempo antes. Relatei para ele a morte de Drebber e dei a ele a mesma possibilidade de escolha das pílulas envenenadas. Em vez de aceitar a oportunidade de salvação que eu lhe oferecia, saltou da cama e pulou no meu pescoço. Para defender-me, dei-lhe uma punhalada no coração. De qualquer maneira, seu fim havia chegado, porque a Providência jamais permitiria que sua mão homicida pegasse uma pílula que não fosse a envenenada.

– Tenho pouca coisa a acrescentar, felizmente, porque estou no fim das forças. Continuei trabalhando em meu táxi por mais um ou dois dias, esperando juntar o dinheiro suficiente para voltar aos Estados Unidos. Estava parado no pátio da cocheira quando apareceu um garoto maltrapilho perguntando por um cocheiro chamado Jefferson Hope e dizendo que um cavalheiro precisava do meu carro no 221 B da Baker Street. Fui até lá sem desconfiar de nada. Sei apenas que, no momento seguinte, este jovem aqui me punha as algemas nos pulsos com uma eficiência que nunca vi na vida. Aí está toda a minha história, senhores. Talvez me considerem um assassino, mas garanto que sou um instrumento da justiça tanto quanto os senhores.

A narrativa daquele homem havia sido tão emocionante e seus modos tão impressionantes que ficamos sentados calados e absortos. Os próprios investigadores profissionais, apesar de experientes em todos os aspectos do crime, mostravam-se francamente interessados na história de Jefferson Hope. Quando ele terminou, ficamos alguns minutos imóveis e num silêncio rompido apenas pelo ruído do lápis de Lestrade correndo pelo papel, enquanto dava o retoque final às suas notas taquigrafadas.

– Há apenas um ponto sobre o qual gostaria de ter mais informação – disse Sherlock Holmes, finalmente. – Quem era o cúmplice que você enviou para recuperar a aliança, em resposta ao meu anúncio?

O prisioneiro deu uma piscadela irônica para o meu amigo.

– Posso revelar-lhe os meus segredos – respondeu –, mas não gosto de criar problemas para outras pessoas. Li o seu anúncio e pensei que tanto poderia ser uma cilada como poderia ser realmente a aliança que eu perdera. Meu amigo ofereceu-se para verificar em meu lugar.

Sem dúvida, tem que admitir que ele se saiu muito bem.

– Sem sombra de dúvida! – exclamou Holmes com veemência.

– E agora, cavalheiros – observou gravemente o inspetor –, devemos cumprir as formalidades legais. Na quinta-feira, o detido será levado ao tribunal e, naturalmente, deverão estar todos presentes. Até lá, serei o responsável por ele.

Tocou uma sineta enquanto falava e Jefferson Hope foi levado por dois guardas, enquanto eu e meu amigo deixávamos o posto policial e tomávamos um táxi para voltarmos a Baker Street.

7

Conclusão

Todos nós havíamos sido convocados a comparecer perante os magistrados na quinta-feira.

Mas quando esse dia chegou, não houve mais necessidade dos nossos depoimentos. Um juiz mais elevado se encarregara do assunto e Jefferson Hope fora convocado a um tribunal que o julgaria com a mais absoluta justiça. Na própria noite após sua captura, seu aneurisma estourou e, de manhã, ele foi encontrado caído no chão da cela, com um sorriso plácido nos lábios. Era como se, enquanto agonizava, tivesse podido recapitular sua vida e concluíra que ela fora útil, que pudera desempenhar bem a sua missão.

– Gregson e Lestrade ficarão furiosos com essa morte – observou Holmes, enquanto comentávamos o caso na noite seguinte. – Acabou-se a grande publicidade que esperavam conseguir.

– Que eu saiba, os dois tiveram pouco a ver com a captura de Hope – respondi.

– O que fazemos neste mundo não tem muita importância – comentou meu companheiro em tom amargo. – A questão é o que os outros acham que fizemos. De qualquer modo – acrescentou ele, mais animado, após uma pausa –, eu não perderia esta investigação por nada. Que me lembre, ainda não houve um caso melhor. Apesar de simples, teve muitos pontos instrutivos.

– Simples? – exclamei.

– Bem, na verdade, dificilmente poderíamos considerá-lo de outra forma – disse Sherlock Holmes, sorrindo da minha surpresa. – A prova de sua simplicidade intrínseca é que, sem dispor de outra ajuda além de algumas deduções bastante comuns, pude pegar o criminoso em três dias.

– Isso é verdade – concordei.

– Como já expliquei antes, qualquer coisa fora do comum em geral constitui mais uma orientação do que propriamente um obstáculo. Quando se resolve um problema deste tipo, é essencial saber-se raciocinar de modo retroativo. É um processo muito útil, além de bastante fácil, apesar de ser pouco empregado. Para os assuntos corriqueiros do dia-a-dia, o mais conveniente é o raciocínio para adiante, em termos de futuro, e assim o contrário acaba sendo negligenciado. Para cinquenta pessoas que podem raciocinar sinteticamente, há uma capaz de raciocinar analiticamente.

– Confesso que não entendo bem o que quer dizer – falei.

– Não esperava que entendesse. Vejamos se consigo ser mais claro. De modo geral, quando se descreve a algumas pessoas uma série de acontecimentos, elas são capazes de imaginar qual o resultado provável. Mentalmente, alinhavam esses acontecimentos e assim conseguem deduzir o que poderá acontecer em consequência. No entanto, há um número reduzido de pessoas que, se informadas de um resultado, têm a capacidade de dissecá-los interiormente e deduzir que conjunto de fatores levou a esse resultado. É a essa faculdade que me refiro quando falo em raciocínio retroativo ou analítico.

– Compreendo – falei.

– O caso atual foi um desses em que temos o resultado e precisamos descobrir o resto por nós mesmos. Agora, tentarei explicar-lhe as diferentes fases de meu raciocínio. Como bem sabe, cheguei àquela casa a pé e com a mente inteiramente isenta de todas as impressões. Naturalmente, comecei pelo exame da rua, e lá, como já lhe expliquei, vi as marcas nítidas deixadas por um veículo que, como confirmei pelas perguntas que fiz, devia ter estado lá durante a noite. Tive certeza de que era um carro de aluguel e não um particular, por causa da bitola estreita das rodas. A geringonça comum de Londres é bem mais estreita do que o cupê de um cavalheiro.

– Este foi o primeiro tento. Depois, caminhei lentamente pela trilha do jardim, de solo argiloso e muito adequado para guardar marcas. Para você, aquilo deve ter parecido um lamaçal pisoteado, mas, para meus olhos treinados, cada marca deixada ali tinha um significado. Nenhum ramo da ciência da investigação é tão importante e tem sido tão negligenciado quanto a arte de identificar pegadas. Por sorte, sempre tive um carinho especial por este ponto, que a prática constante transformou em uma segunda natureza para mim. Notei as pegadas pesadas do policial, mas também reparei nas de dois homens que haviam passado primeiro por aquele jardim. Era fácil afirmar que tinham estado lá antes dos outros, porque em alguns lugares suas pegadas haviam sido inteiramente apagadas pelas posteriores. Com isto, formei o segundo elo de minha cadeia, que me indicou que os visitantes noturnos eram dois, um deles notável pela altura (como calculei pelo comprimento de suas passadas) e o outro elegantemente vestido, a julgar pelas marcas pequenas e delicadas deixadas por suas botinas.

– Ao entrar na casa, foi confirmada esta última suposição. O homem de calçado fino estava diante de mim. Então, fora o outro, o alto, que cometera o assassinato, se é que houvera crime. Não havia ferimentos aparentes na vítima, embora a expressão dramática de seu rosto me garantisse que ele pressentira o próprio destino, antes que este o abatesse. Homens que morrem em consequência de doenças cardíacas ou por qualquer outra causa súbita e natural jamais ficam com as feições contraídas daquele jeito.

– Ao cheirar os lábios do morto, percebi um leve odor acre, o que me indicou que ele fora obrigado a ingerir veneno. Tornei a afirmar que fora forçado por causa do ódio e do medo estampados em suas feições. Cheguei a esse resultado baseando-me no método de exclusão, porque nenhuma outra hipótese se encaixaria nos fatos. Não pense que foi uma ideia sem precedentes, algo inédito. A ingestão forçada de veneno não é, nem de longe, uma coisa nova nos anais do crime. Um toxicologista recordaria imediatamente os casos de Dolsky, em Odessa, e de Leturier, em Montpellier.

– Agora vinha o ponto principal: o motivo. Roubo era algo fora de cogitação, já que nada fora levado. Seria então algo ligado à política? Mulheres? Foi essa a questão com que me defrontei. Desde o início, optei pela segunda hipótese. Os assassinos políticos fazem o seu serviço e dão logo o fora. Aquele assassinato, no entanto, havia sido cometido com a máxima deliberação e o criminoso deixara pistas por toda a sala, indicando que permanecera ali o tempo todo. Devia ser algo relacionado com um caso pessoal, e não político, para exigir uma vingança tão metódica. Quando foi descoberta a inscrição na parede, fiquei mais convencido ainda de que minha opinião estava certa. Evidentemente, aquilo era um despistamento. Mas quando a aliança foi encontrada, a questão foi resolvida. Era evidente que o assassino a usara para que sua vítima recordasse alguma mulher morta ou ausente. Foi nessa ocasião que perguntei a Gregson se no telegrama enviado a Cleveland ele solicitara informações sobre algum ponto específico da vida do falecido Sr. Drebber. Como pode lembrar-se, ele respondeu com uma negativa.

– Passei então a fazer uma revista cuidadosa do aposento, o que serviu para confirmar minha ideia sobre a altura do assassino, além de fornecer detalhes adicionais, como o charuto Trichinopoly e o comprimento de suas unhas. Como não havia sinais de luta, eu já chegara à conclusão de que o sangue espalhado no assoalho escorrera do nariz do assassino, em consequência de sua excitação. Pude notar que a trilha do sangue salpicado coincidia com a de seus pés. É raro que um homem, a menos que tenha constituição sanguínea, derrame tanto sangue em consequência da tensão do momento, e então pensei na hipótese de que o criminoso provavelmente seria um homem robusto e de rosto corado. Os fatos provaram que eu tinha razão.

– Após deixar a casa, fiz o que Gregson tinha deixado de fazer. Telegrafei ao chefe de polícia de Cleveland, pedindo informações apenas sobre as circunstâncias relacionadas com o casamento de Enoch Drebber. A resposta foi conclusiva. Segundo ele, Drebber já solicitara a proteção da lei contra um antigo rival num caso de amor, chamado Jefferson Hope, acrescentando que esse Hope estava na Europa. Fiquei sabendo então que já tinha a chave do mistério nas mãos, e só faltava agarrar o assassino.

– Eu já estava convencido de que quem entrara na casa com Drebber era o homem que dirigira o coche. Os sulcos na rua indicavam que o cavalo estivera vagando de um lado para outro, o que seria impossível se alguém tivesse permanecido na boleia. Onde, então, estaria o cocheiro, a não ser no interior da casa? Novamente, seria absurdo supor que qualquer homem, em seu juízo perfeito, cometesse um crime deliberadamente na presença, por assim dizer, de uma terceira pessoa, que certamente o denunciaria. Finalmente, supondo-se que um indivíduo quisesse seguir outro através da cidade, nada mais conveniente do que transformar-se em cocheiro de aluguel! Todas essas ponderações levaram-me à conclusão irresistível de que Jefferson Hope deveria ser procurado entre os cocheiros da metrópole.

– Se ele tinha se disfarçado de cocheiro, não havia motivos para crer que já tivesse abandonado o disfarce. Pelo contrário. Analisando-se a situação deste ponto de vista, qualquer mudança repentina certamente chamaria a atenção para ele. Era provável que, pelo menos durante algum tempo, continuasse exercendo a mesma profissão. Também não havia motivos para supor que ele estivesse usando um nome falso. Por que mudaria em um país onde ninguém o conhecia? Pensando assim, organizei a minha equipe de detetives, formada por meninos de rua, cuja missão seria investigar sistematicamente cada proprietário de carro de aluguel em Londres, até encontrarem o homem que me interessava. Ainda deve se lembrar como eles foram bem-sucedidos e com que rapidez tirei proveito disso. O assassinato de Stangerson foi um acidente inteiramente inesperado, mas que, de qualquer modo, dificilmente poderia ser evitado. E foi por causa deste homicídio, como bem sabe, que me apoderei das pílulas, de cuja existência, aliás, eu já havia suspeitado. Assim, como vê o meu amigo, toda a situação foi um encadeamento lógico de sequências, sem a menor falha ou interrupção.

– É maravilhoso! – exclamei. – Seus méritos deviam ser reconhecidos publicamente. Devia mesmo publicar um relato do caso. Se não o fizer, faço-o eu!

– Fica a seu critério, meu caro doutor – disse ele.

– Veja isto! – acrescentou, estendendo-me o jornal.

– Leia o que diz aí!

Era um exemplar do *Echo* daquele dia, e o parágrafo que ele indicou fazia comentários sobre o caso:

"O público perdeu um espetáculo sensacional de julgamento com a morte súbita de Hope, suspeito dos assassinatos de Enoch Drebber e Joseph Stangerson. Provavelmente, os detalhes do caso jamais chegarão a ser conhecidos, embora tenhamos informações seguras de que o crime foi o desfecho de uma antiga disputa sentimental, em que o amor e o mormonismo tiveram seu papel. Parece que, quando jovens, as duas vítimas pertenceram à religião dos Santos dos Últimos Dias, e que Hope, o prisioneiro falecido, também, da provinha de Salt Lake City.

Embora o caso não tivesse prosseguimento, pelo menos serviu para evidenciar, de maneira notável, a eficiência de nossa força policial, e poderá ainda ser uma lição a todos os estrangeiros, mostrando que é melhor resolverem suas divergências nos respectivos países de origem, em vez de trazer para solo britânico. Não é nenhum segredo que o mérito por essa brilhante captura cabe inteiramente aos conhecidos investigadores da Scotland Yard, Srs. Lestrade e Gregson. Ao que parece, o acusado foi detido na residência de um certo Sr. Sherlock Holmes, um detetive amador que demonstrou algum talento nessa especialidade. Aliás, dispondo de mestres assim, é provável que, com o tempo, ele venha a adquirir certo grau da habilidade demonstrada pelos dois. Esperamos que os dois dedicados funcionários sejam agraciados com algum prêmio especial, em reconhecimento por seus relevantes serviços."

– Não foi justamente o que lhe disse desde o início? – perguntou Sherlock Holmes, com uma risada. – Este é o resultado do nosso *Estudo em Vermelho:* conseguir um reconhecimento público!

– Não se preocupe com isso. Tenho todos os fatos registrados em meu diário e serão levados ao conhecimento do público. Até lá, você deve se contentar com a sensação íntima de ter sido o vitorioso, como aquele avarento romano:

Populus me sibilat, at mihi plaudo. Ipse domi simul ac nummos contemplar in arca." (Em tradução livre: *O povo me vaia, mas em casa eu me aplaudo ao contemplar o dinheiro na arca.*

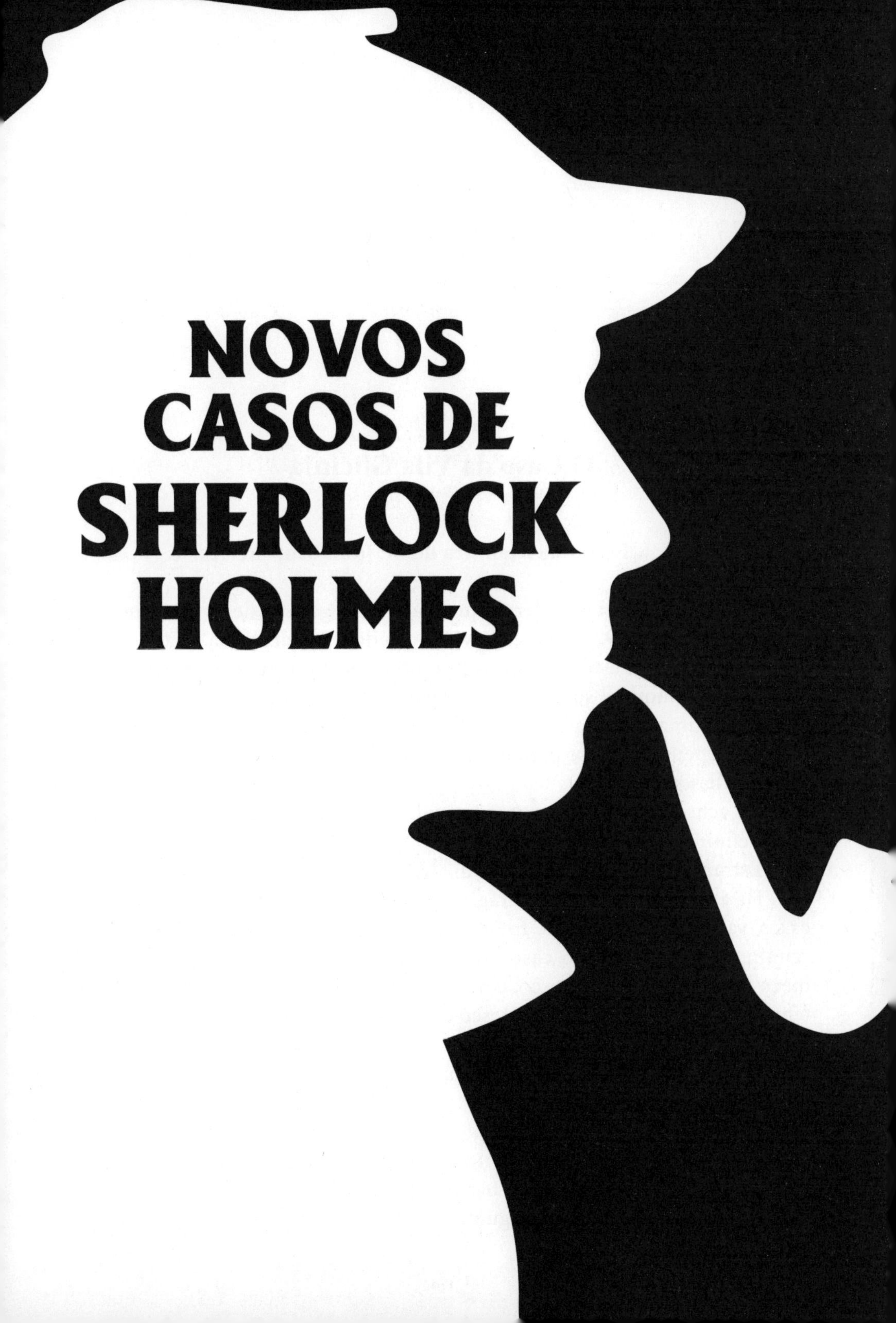
NOVOS
CASOS DE
SHERLOCK
HOLMES

I

O Caso da Vila Glicínia

1. Estranha aventura do Sr. John Scott Eccles

Está anotado no meu caderno que era um dia gelado, de muito vento, no fim de março de 1892. Holmes havia recebido um telegrama quando estávamos almoçando, e tinha rabiscado uma resposta. Não disse nada, mas o assunto continuou na sua cabeça, porque ele ficou parado diante da lareira, pensativo, fumando o cachimbo e olhando de vez em quando para a mensagem. De repente virou-se para mim, com um brilho malicioso nos olhos. De repente, disse:

– Eu acho, Watson, que posso considerá-lo um homem de letras. Como você definiria a palavra grotesca?

– Estranho, notável – eu respondi.

– Há algo mais do que isso: trágico e terrível. Se você se lembrar de alguns casos, vai perceber com que frequência o grotesco tem se transformado no criminoso. Lembre-se do caso dos homens de cabelos vermelhos. No começo havia muito de grotesco, e mesmo assim terminou numa desesperada tentativa de roubo. E o caso grotesco das cinco sementes de laranja, que conduziu a uma conspiração de assassinato. – disse Holmes

A palavra me deixou de prontidão. Perguntei:

– Ela está aí?

Ele leu o telegrama em voz alta:

"Acabei de passar pela experiência mais incrível e grotesca. Posso consultá-lo? Scott Eccles. Correio de Charing Cross."

– Homem ou mulher? – perguntei.

– Oh, homem, é claro. Nenhuma mulher enviaria um telegrama com resposta paga. Ela teria vindo.

– Você vai recebê-lo?

– Meu caro Watson, você sabe como ando entediado desde que prendemos o coronel Carruthers. Minha mente é como um carro veloz que se despedaça todo se não for usado para o fim a que se destina. A vida é um lugar-comum, os jornais estão estéreis, a audácia e a aventura parecem ter sumido do mundo do crime. Como pode me perguntar, então, se estou disposto a examinar algum problema novo, por mais banal que possa parecer? Mas, se não me engano, aí está o nosso cliente.

Escutamos passos cadenciados na escada e logo em seguida entrou na sala uma pessoa corpulenta, alta, de costeletas grisalhas e aspecto solene respeitável.

De suas polainas até os óculos de aros dourados, ele era um membro do Partido Conservador, religioso, ortodoxo e convencional até o último grau. A história de sua vida estava escrita em suas feições graves e gestos pomposos. Mas alguma experiência impressionante havia perturbado sua calma natural e deixou sinais nos cabelos em desalinho, no rosto vermelho e encolerizado, nas maneiras nervosas e agitadas. Foi direto ao assunto.

– Acabei de passar por uma experiência estranha e desagradável, Sr. Holmes – disse ele. – Nunca estive numa situação assim em toda a minha vida. É extremamente inconveniente, extremamente chocante. Eu preciso de uma explicação.

Ele estava bufando de raiva.

– Por favor, sente-se, Sr. Scott Eccles – disse Holmes, acalmando-o. – Posso lhe perguntar, em primeiro lugar, por que o senhor veio me procurar?

– Porque não parecia que o assunto interessasse à polícia, mas, depois de conhecer os fatos, o senhor vai admitir que eu não podia deixar a situação no ponto em que estava. Não tenho nenhuma simpatia pela classe dos detetives particulares, mas, em todo caso, tendo ouvido falar no seu nome...

– Certamente. Mas, em segundo lugar, por que o senhor não veio imediatamente?

– O que quer dizer com isso?

Holmes olhou para o relógio.

– São 14:15h – disse. – Seu telegrama foi mandado por volta de uma da tarde. Mas não se pode olhar para a sua roupa e sua aparência sem ver que sua perturbação começou no momento em que acordou.

Nosso cliente alisou os cabelos em desalinho e passou a mão pelo queixo com a barba por fazer.

– Tem razão, Sr. Holmes. Não me preocupei em me arrumar. Tudo o que eu queria era sair daquela casa. Mas estive fazendo algumas investigações antes de vir ver o senhor. Fui até a casa dos agentes. E eles disseram que o aluguel do Sr. Garcia estava pago e que estava tudo em ordem na Vila Glicínia.

Holmes disse rindo:

– Calma, calma, meu senhor. O senhor é como o meu amigo, Dr. Watson, que tem o péssimo hábito de contar as histórias começando pelo fim. Por favor, coordene os pensamentos e me conte, na sequência certa, exatamente por que esses acontecimentos o fizeram sair em busca de conselho e ajuda, despenteado e amarrotado, com botas e colete abotoados de forma errada.

Nosso cliente olhou para baixo, examinando com pesar sua aparência deplorável.

– Tenho certeza de que estou horrível, Sr. Holmes, e tenho certeza de que algo assim jamais aconteceu antes em minha vida. Mas vou lhe contar toda a história esquisita, e quando eu tiver terminado, o senhor com certeza reconhecerá que há muita coisa que pode me desculpar.

O relato dele foi cortado pela raiz. Houve um alarido do lado de fora e a Sra. Hudson abriu a porta para que dois indivíduos entrassem. Eram dois sujeitos robustos, com aspecto de polícia, um dos quais era conhecido nosso, o inspetor Gregson, da Scotland Yard, um policial enérgico, cortês e, dentro de suas limitações, competente. Apertou a mão de Holmes e apresentou seu companheiro, inspetor Baynes, da polícia de Surrey.

– Estamos juntos numa caçada, Sr. Holmes, e nossa pista indicava esta direção.

Virou os olhos de buldogue para o nosso visitante.

– O senhor é John Scott Eccles, de Popham House, Lee?

– Sim, sou eu.

– Nós o seguimos a manhã inteira.

– Sem dúvida você o localizou por causa do telegrama – disse Holmes.

– Exatamente, Sr. Holmes. Pegamos a pista na agência do correio de Charing Cross e viemos para cá.

– Mas por que me seguem? O que desejam?

– Queremos um esclarecimento, Sr. Scott Eccles, a respeito dos fatos que resultaram na morte do Sr. Aloysius Garcia, da Vila Glicínia, nos arredores de Esher, ontem à noite.

Nosso cliente retesou-se na cadeira, com os olhos arregalados e sem um pingo de cor no rosto atônito.

– Morto? O senhor disse que ele morreu?

– Sim, senhor, ele está morto.

– Mas, como? Acidente?

Estive fazendo algumas investigações antes de vir ver o senhor.

– Assassinato, se já houve um no mundo.

– Meu Deus! Isto é terrível! O senhor não está dizendo... o senhor não está dizendo que eu sou um suspeito?

– Foi encontrada uma carta sua no bolso do morto e ficamos sabendo que o senhor pretendia passar na casa dele ontem à noite.

– Sim, eu passei.

– Oh, então passou, não é?

Tirou o livro de anotações do bolso.

– Espere um pouco, Gregson – disse Sherlock Holmes. – Tudo o que você quer é uma simples declaração, não é?

– E é meu dever prevenir o Sr. Scott Eccles que ela pode ser usada contra ele.

– O Sr. Eccles ia nos contar o caso quando vocês entraram aqui. Eu acho, Watson, que um conhaque com soda vai ajudá-lo.

Agora, senhor, sugiro que não se importe com o aumento de sua plateia e continue sua narrativa exatamente como teria feito se não tivesse sido interrompido.

Ele engolira o conhaque e a cor voltou às suas faces. Com um olhar desconfiado para o livro de anotações do inspetor, começou imediatamente seu relato incrível:

– Sou um celibatário e, sendo sociável, tenho muitos amigos. Entre eles está a família de um cervejeiro chamado Melville, que mora em Albermarle Mansion, Kensington. Foi na casa dele que conheci um jovem chamado Garcia, há algumas semanas. Ele era, fiquei sabendo, de descendência espanhola, e tinha uma ligação com a embaixada. Falava inglês corretamente, era agradável, e um sujeito simpático como nunca vi antes. Começamos uma sólida amizade. Pareceu gostar de mim desde o início e dois dias depois de nosso encontro ele foi me visitar em Lee. Uma coisa leva à outra, e acabou me convidando para passar alguns dias em sua casa em Vila Glicínia, entre Esher e Oxshott. Ontem à noite fui a Esher para atender ao seu convite. Antes de ir lá, ele já tinha me contado sobre sua casa. Morava com um caseiro de confiança, um patrício dele, que cuidava de tudo. Esse sujeito falava inglês e tomava conta da casa. Tinha também um magnífico cozinheiro, ele disse, um mestiço que tinha encontrado numa de suas viagens, e que podia servir um jantar excelente. Lembro-me de que ele comentou que só se encontrava uma criadagem estranha no coração de Surrey, e eu concordei com, embora ela tenha mostrado que era muito mais estranha do que eu pensei. Dirigi-me para lá, mais ou menos três quilômetros ao sul de Esher. A casa é grande, afastada da estrada, com um caminho em curva, ladeado de arbustos verdes. É uma construção antiga, em ruínas, num lamentável estado de desordem. Quando a carruagem parou no caminho coberto de mato, diante da porta manchada e desbotada, eu duvidei de minha sanidade pelo fato de ir visitar um homem que eu mal conhecia. Mas ele mesmo abriu a porta e me cumprimentou com grande cordialidade. Ele me deixou por conta do criado, um sujeito taciturno e moreno que me guiou até meu quarto, carregando minha mala. O lugar todo era deprimente. Jantamos os dois sozinhos, e embora meu anfitrião tivesse feito tudo para me entreter, tive a impressão de que seus pensamentos estavam longe, e ele falava de uma maneira tão vaga e incoerente que eu mal conseguia entendê-lo. Ficava constantemente batucando com os dedos, roía as unhas, e dava outros sinais de impaciência. O jantar propriamente não foi nem bem servido, nem foi preparado, e a presença do empregado taciturno não ajudou a nos alegrar. Eu lhes garanto que muitas vezes durante a noite quis inventar uma desculpa para poder voltar a Lee. Eu me lembro de uma coisa que pode ter alguma relação com aquilo que os senhores estão investigando. Não dei a mínima importância na ocasião. Quase no fim do jantar o criado entregou a ele um bilhete. Notei que meu anfitrião ficou ainda mais distraído e estranho depois que leu a mensagem. Deixou de conversar e ficou sentado, fumando um cigarro atrás do outro, perdido nos próprios pensamentos, mas nada disse sobre o bilhete. Fiquei contente por estar na cama por volta das 11 horas. Um pouco mais tarde Garcia apareceu na porta do meu quarto – estava tudo escuro – e me perguntou se eu tinha tocado a campainha. Eu disse que não. Ele se desculpou por me perturbar tão tarde, dizendo que já era uma da manhã. Peguei no sono depois disso e dormi profundamente a noite toda. E agora vem a parte impressionante da minha história. Quando acordei, já era dia claro, consultei o relógio e vi que eram quase nove horas. Eu tinha pedido para ser chamado às oito, de modo que fiquei espantado com o esquecimento. Levantei-me e toquei a campainha, chamando o empregado. Não houve resposta. Toquei mais duas vezes, com o mesmo resultado. Então cheguei à conclusão de que a campainha não estava funcionando. Vesti-me apressadamente e desci correndo as escadas, de mau humor, a fim de pedir um pouco de água quente. Podem imaginar minha surpresa quando descobri que não havia ninguém lá. Gritei no vestíbulo. Sem resposta. Então fui de quarto em quarto. Tudo deserto. Meu anfitrião tinha me mostrado na noite anterior qual era o quarto dele, e então bati na porta. Nenhuma resposta. Virei a maçaneta e entrei. O quarto estava vazio e a cama não tinha sido usada. Ele tinha ido embora com os outros. O anfitrião estrangeiro, o criado estrangeiro, o cozinheiro estrangeiro, todos tinham se evaporado na noite! Esse foi o fim de minha visita à Vila Glicínia.

Sherlock Holmes estava esfregando as mãos e sorria satisfeito por poder acrescentar este caso estranho à sua coleção de episódios bizarros. Perguntou:

– Pelo que estou vendo, sua aventura é absolutamente estranha. Posso lhe perguntar, senhor, o que fez então?

– Fiquei furioso! Minha primeira impressão foi a de ter sido vítima de alguma brincadeira absurda. Guardei minhas coisas, fechei a porta da casa e fui para Esher, levando minha mala na mão. Passei no escritório dos Irmãos Allan, os principais corretores da cidade, e descobri que aquela casa tinha sido alugada naquela firma. Tive a impressão de que dificilmente o propósito daquilo seria o de me fazer de bobo, e que o objetivo principal deveria ser escapar do aluguel. Estamos no fim de março, e logo ele teria de fazer o pagamento trimestral. Mas esta teoria não funcionou. O agente me agradeceu pelas informações, mas me disse que o aluguel tinha sido pago adiantado. Então, parti para a cidade e fui até a embaixada da Espanha. O homem era desconhecido ali. Depois disso fui à casa de Melville, onde eu havia conhecido Garcia, mas descobri que, na verdade, ele sabia menos sobre Garcia do que eu. Finalmente, quando recebi sua resposta ao meu telegrama, vim até aqui, já que soube que o senhor é uma pessoa que dá orientação em casos difíceis. Mas agora, senhor inspetor, percebo pelo que disse, quando entrou aqui, que o senhor pode continuar na história e que aconteceu uma tragédia. Eu lhes asseguro que tudo o que eu disse é a verdade e que, além do que lhes contei, não sei mais nada sobre o destino desse homem. Meu único desejo é ajudar a lei de todas as formas possíveis.

– Tenho certeza disso, Sr. Scott Eccles, tenho certeza disso – disse o inspetor Gregson num tom amigável. – Devo dizer que tudo o que contou está de acordo com os fatos, da forma como chegaram ao nosso conhecimento. Por exemplo, havia aquele bilhete que chegou durante o jantar. O senhor por acaso viu o que aconteceu com ele?

– Sim, vi. Garcia o amassou e o jogou no fogo.

– O que acha disso, Sr. Baynes?

O outro detetive era um homem avermelhado, forte e gordo, cujo rosto grosseiro era salvo por dois olhos muito brilhantes, quase ocultos pelas dobras das bochechas e sobrancelhas. Com um sorriso lento ele tirou do bolso um pedaço amassado e sem cor.

– Foi um trabalho persistente, Sr. Holmes, e ele deve ter errado a pontaria. Apanhei isso, que não estava queimado, no fundo da lareira.

Holmes demonstrou sua aprovação com um sorriso.

– O senhor deve ter examinado a casa com muito cuidado para achar uma bolinha de papel.

– Sim, Sr. Holmes, é o meu modo de trabalhar. Devo lê-lo, Sr. Gregson?

O londrino concordou com a cabeça.

– O bilhete está escrito num papel creme comum, sem filigrana. Mede um quarto do tamanho ofício. Foi cortado em dois com uma tesoura pequena. Foi dobrado três vezes e fechado com lacre vermelho, passado com muita pressa e prensado com um objeto chato e oval. Está endereçado ao Sr. Garcia, Vila Glicínia. Diz o seguinte: "Nossas próprias cores, verde e branco. Verde aberto, branco fechado. Escada principal, primeiro corredor, sétima direita, cortina verde. Boa sorte. D."

– É letra de mulher, com caneta de ponta fina, mas o endereço foi escrito por outra pessoa ou com outra caneta. Está mais grosso e mais forte, como podem ver.

– É uma observação notável – disse Holmes, dando uma espiada. – Devo cumprimentá-lo, Sr. Baynes, pela sua atenção aos detalhes no seu exame. Talvez possam ser acrescentados alguns itens sem importância. Sem dúvida nenhuma o selo oval é de uma abotoadura – que outra coisa teria essa forma? A tesoura era de unhas, curva. Como os dois cortes são curtos, pode-se ver nitidamente a mesma curvatura pequena em cada um.

O detetive provinciano sorriu, satisfeito.

– Eu pensei que tivesse esgotado tudo sobre o assunto, mas vejo que deixei algumas coisas – disse ele. – Devo dizer que não vi nada na nota, exceto que estava ali à disposição, e que, como sempre, havia uma mulher metida nisso.

O Sr. Scott Eccles estava visivelmente nervoso na cadeira durante esta conversa. Disse:

– Fico satisfeito por ter encontrado o bilhete, já que ele confirma a minha história, mas faço questão de salientar que ainda não soube o que aconteceu com o Sr. Garcia ou seu empregado.

– Quanto ao Sr. Garcia – disse Gregson –, a resposta é fácil. Foi encontrado morto esta manhã em Oxshott Common, mais ou menos a 1,5 quilômetro de sua casa. A cabeça dele foi reduzida a uma massa com golpes fortes de um saco de areia ou algum instrumento parecido, que esmagou em vez de machucar. É um lugar isolado e não há nenhuma casa num raio de 400 metros dali. Aparentemente, ele primeiro foi atacado pelas costas, mas o assassino continuou a acertá-lo mesmo depois que estava morto. Foi um ataque violentíssimo. Não existem pegadas nem pistas dos criminosos.

– Roubado?

– Não, não houve tentativa de roubo.

– Isto é muito doloroso... doloroso e terrível – disse o Sr. Scott Eccles, numa voz lamurienta –, mas é realmente uma coisa estranha. Não tive nada a ver com o fato de meu anfitrião ter saído numa expedição noturna e encontrando um fim tão trágico. Como é que eu vim a ser envolvido no caso?

– Muito fácil, senhor – respondeu o inspetor Baynes. – O único documento encontrado no bolso do morto era uma carta sua dizendo que estaria com ele na noite de sua morte. Foi o envelope dessa carta que nos deu o nome e o endereço do morto. Já passava das nove horas quando chegamos à casa dele e não encontramos nem o senhor nem ninguém mais lá. Telegrafei ao Sr. Gregson para prendê-lo em Londres, enquanto eu investigava a Vila Glicínia. Depois vim para a cidade, encontrei-me com ele e aqui estamos.

– Agora eu acho que será melhor darmos um caráter oficial a este caso – disse Gregson, se levantando. – O senhor irá conosco até a delegacia, Sr. Scott Eccles, e vai nos dar seu depoimento por escrito.

– Claro, irei agora mesmo. Mas ainda desejo os seus serviços, Sr. Holmes. Não meça despesas nem esforços para chegar à verdade.

Meu amigo virou-se para o detetive:

– Suponho que não tenha objeções a que eu colabore com o senhor.

– Estou extremamente honrado.

– Em tudo o que fez, o senhor foi muito rápido e eficiente. Posso lhe perguntar se havia alguma pista sobre a hora exata em que o homem morreu?

– Ele estava lá desde uma da manhã. Choveu naquela hora e a morte dele, com toda certeza, foi antes disso.

– Mas isto é totalmente impossível, Sr. Baynes! – exclamou nosso cliente. – Posso jurar que foi ele que esteve no meu quarto à uma hora.

– Notável, mas não impossível – disse Holmes, sorrindo.

– Tem alguma pista? – perguntou Gregson.

– Diante das circunstâncias, o caso não é muito complicado, embora apresente algumas características originais e interessantes. Preciso conhecer melhor os fatos antes de me arriscar a dar uma opinião final. A propósito, Sr. Baynes, achou alguma coisa interessante na sua investigação, além do bilhete?

O detetive olhou para o meu amigo de modo estranho e falou:

– Havia – disse ele – uma ou duas coisas muito interessantes. Quando eu tiver terminado na delegacia, talvez o senhor queira ir até lá e dar-me sua opinião a respeito delas.

– Estou à sua inteira disposição – disse Sherlock Holmes, tocando a campainha. – Sra. Hudson, conduza estes senhores até a saída e, por favor, envie o menino com este telegrama. Ele deve mandar uma resposta paga de 5 xelins.

Quando nossos visitantes saíram, ficamos sentados em silêncio durante algum tempo. Holmes ficou fumando, com o cenho franzido, a cabeça inclinada para a frente, característica de sua ansiedade.

– Bem, Watson – perguntou, virando-se de repente para mim –, o que você acha?

– Não percebo nada nesta complicação do Sr. Scott Eccles.

– Mas, e o crime?

– Considerando o desaparecimento dos companheiros do homem, eu diria que eles estavam, de algum modo, envolvidos no assassinato, e fugiram da lei.

– Evidentemente, é um ponto de vista possível. Diante disso, você deve admitir, no entanto, que é muito estranho que os dois criados dele estivessem conspirando contra ele e o tivessem atacado na noite em que tinha visita. Ele estava sozinho, à mercê deles, em qualquer outra noite da semana.

– Então por que fugiram?

– Isso mesmo. Por que fugiram? É um fato importante. Outro fato importante é a estranha aventura de nosso cliente, Sr. Scott Eccles. Agora, meu caro Watson, está além da capacidade humana dar uma explicação que possa abranger esses dois fatos importantes? Se houvesse uma que incluísse o bilhete misterioso com seu palavreado curioso, valeria a pena aceitá-la como uma hipótese provisória. Se os novos fatos de que tomamos conhecimento se encaixassem na trama, então nossas hipóteses se transformariam gradativamente numa solução.

– E qual é a nossa hipótese?

Holmes recostou-se na cadeira, com os olhos semicerrados.

– Você tem de admitir, meu caro Watson, que a ideia de uma brincadeira é impossível. Ocorreram coisas graves em seguida, como a sequência mostrou, e o fato de Scott Eccles ter sido atraído à Vila Glicínia tem alguma ligação com elas.

– Que ligação é possível?

– Vamos examinar, passo a passo. Há, na aparência, qualquer coisa incomum a respeito desta estranha e repentina amizade entre o jovem espanhol e Scott Eccles. Foi o primeiro que forçou a situação. Ele visitou Eccles no outro extremo de Londres, logo no dia seguinte ao primeiro encontro deles, ficou em contato com ele até recebê-lo em Esher. Agora, o que ele queria com Eccles? O que Eccles poderia lhe dar? Não vejo nenhum encanto no homem. Não é especialmente inteligente, não é um homem capaz de agradar ao espírito vivo de um latino. Por que, então, ele foi escolhido, entre todas as pessoas que Garcia conheceu, como particularmente adequado ao seu objetivo? Será que ele tem alguma qualidade especial que o destaque? Acho que sim. É o tipo convencional do britânico respeitável e o homem certo para ser testemunha, para impressionar outro britânico. Você mesmo viu que os dois inspetores nem sonharam em duvidar do seu testemunho, por mais estranho que tenha sido.

– Mas o que ele deveria testemunhar?

– Nada, do jeito como as coisas aconteceram, mas tudo, se tivessem acontecido de outra maneira. É assim que vejo a situação.

– Entendo; ele podia servir de álibi.

– Exatamente, meu caro Watson, ele podia confirmar um álibi. Vamos supor, só como argumentação, que os criados da Vila Glicínia estivessem conspirando para algum crime. O plano, seja lá o que for, é sair, digamos, antes de uma hora. É possível que, adiantando os relógios, eles tenham feito John Scott Eccles ir para a cama mais cedo do que ele pensava, mas, de qualquer modo, parece que, quando Garcia foi lhe dizer que era uma hora, na verdade não era mais de meia-noite. Se Garcia pudesse fazer o quer que tivesse de fazer, e voltasse na hora mencionada, evidentemente ele teria uma resposta convincente contra qualquer acusação. Ali estava o inglês impecável, pronto para jurar em qualquer tribunal que o acusado estava na casa o tempo todo. Era um seguro contra o pior.

– Sim, sim, estou entendendo. Mas, e o desaparecimento dos outros?

– Ainda não tenho todos os fatos, mas não creio que existam dificuldades insuperáveis. Ainda assim é um erro afirmar alguma coisa diante desses dados. Sem sentir, você acaba torcendo os fatos para que se adaptem às suas teorias.

– E o bilhete?

– O que dizia? "Nossas próprias cores, verde e branco." Parece tratar-se de corrida de cavalo. "Verde aberto, branco fechado." Isto é claramente uma indicação. "Escada principal, primeiro corredor, sétima à direita, cortina verde." É um encontro. Talvez possamos descobrir um marido ciumento no fim disso aí. Com toda certeza era um empreendimento perigoso. Ela não teria dito "Boa sorte" se não fosse perigoso. "D" – isto pode ser uma orientação.

– O homem era espanhol. Eu acho que "D" significa Dolores, um nome de mulher bastante comum na Espanha.

– Bom, Watson, muito bom, mas completamente inadmissível. Quem escreveu este bilhete certamente é inglês. Um espanhol escreveria a outro em espanhol mesmo. Bem, precisamos ter paciência até que o inspetor volte. Nesse meio-tempo, podemos agradecer ao nosso destino por nos tirar por algumas horas da insuportável fadiga do tédio.

A resposta ao telegrama de Holmes chegou antes da volta do detetive de Surrey. Sherlock leu o texto e ia guardá-lo no seu caderno quando notou a curiosidade no meu rosto. Jogou-o para mim, dizendo:

– Estamos andando em altas esferas – disse ele.

O telegrama era uma lista de nomes e endereços:

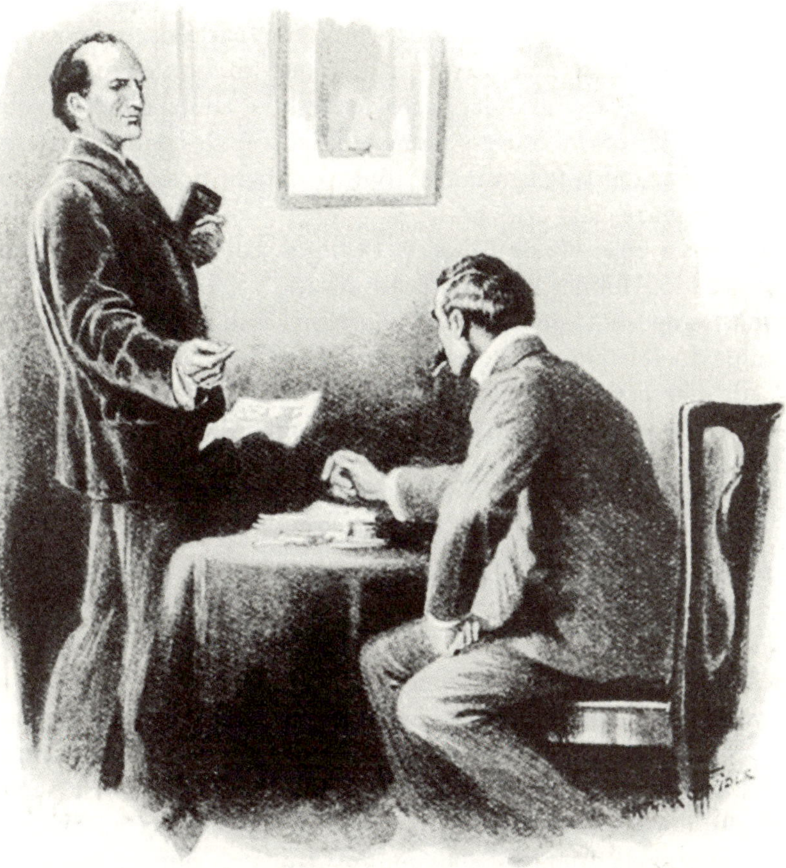

O telegrama era uma lista de nomes e endereços.

Lorde Harringby, The Dingle; sir George Ffolliott, Oxshott Towers; Sr. Hynes Hynes, J. P.,Purdey Place; Sr. James Baker Williams, Forton Old Hall; Sr. Henderson, High Gable; Rev. Joshua Stone, Nether Walsling.

– Esta é uma forma bem prática de limitar nosso campo de operação – disse Holmes. – Sem dúvida, Baynes, com sua mente metódica, já adotou um plano igual.

– Não estou entendendo.

– Meu caro amigo, já chegamos à conclusão de que o bilhete que Garcia recebeu no jantar era um encontro ou uma indicação. Agora, se a interpretação estiver correta, é necessário subir uma escada principal e localizar a sétima porta de um corredor para se chegar ao local indicado; vê-se, portanto, que se trata de um lugar bem grande. Também é certo que a casa não deve ficar a mais de 2 ou 3 quilômetros de Oxshott, já que Garcia estava andando naquela direção. Conforme minha interpretação dos fatos, esperava estar de volta à Vila Glicínia a tempo de ter um álibi que valeria até uma hora. Como deve haver poucas casas grandes perto de Oxshott, adotei o método óbvio de telegrafar aos corretores mencionados por Scott Eccles para obter uma lista delas. Estão aqui, neste telegrama, e a outra ponta de nossa meada complicada deve estar entre elas.

Chegamos à bela vila de Esher às 18 horas, com o inspetor Baynes nos acompanhando. Holmes e eu havíamos levado coisas para passar a noite e encontramos aposentos confortáveis no Hotel Bull. Finalmente saímos, na companhia do detetive, para nossa visita à Vila Glicínia. Era uma noite escura e fria de março, com o vento cortante e a chuva batendo em nossos rostos, um cenário adequado à região inóspita pela qual passava nosso caminho e ao destino trágico a que nos leva

2. O tigre de S. Pedro

Após uma caminhada gelada e melancólica, chegamos a um portão alto de madeira, que dava para uma avenida sombria de castanheiros. Um caminho sinuoso nos levou até uma casa baixa e escura, que se destacava contra o céu cinza. Vimos uma luz trêmula que saía de uma janela à esquerda da porta.

– Há um policial de plantão – disse Baynes. – Vou bater na janela.

Caminhou pela grama e bateu com os dedos na vidraça. Pude ver, pelo vidro embaçado, um homem dar um pulo da cadeira perto da lareira e escutei um grito áspero vindo de dentro. Pouco depois um policial pálido de susto e ofegante abriu a porta, com uma vela nas mãos que tremiam.

– Qual é o problema, Walters? – perguntou Baynes com rispidez.

O policial enxugou a testa com o lenço e deu um profundo suspiro de alívio.

– Estou contente que o senhor tenha vindo. Foi uma vigília interminável e eu acho que meus nervos já não são tão bons como antigamente.

– Seus nervos, Walters? Nunca pensei que você tivesse um nervo sequer no corpo.

– Senhor, é esta solidão, esta casa silenciosa e o negócio esquisito na cozinha. Quando o senhor bateu na janela, pensei que ele tivesse voltado...

– Quem tivesse voltado?

– O demônio, senhor, pelo que sei. Ele estava na janela.

– O que estava na janela, e quando?

– Aconteceu há duas horas, mais ou menos. Eu estava lendo, sentado na cadeira. Não sei o que me fez levantar a cabeça, mas havia uma cara me olhando pela vidraça. E que cara, senhor! De hoje em diante vou vê-la sempre em meus sonhos.

– Ora, Walters, isto não é conversa de um policial.

– Eu sei, senhor, eu sei, mas ela me assustou e não adianta negá-lo. Não era preta nem branca, não era de nenhuma cor que eu conheça, mas uma espécie de barro leitoso. E também o tamanho dela – tinha duas vezes o tamanho da sua, inspetor. E o olhar – dois olhos esbugalhados e uns dentes de fera faminta. Vou lhe dizer, senhor, não consegui mexer nem um dedo nem respirar enquanto ela não sumiu. Corri para fora e dei uma busca nas folhagens, mas graças a Deus ela tinha sumido.

– Se eu não soubesse que você é um bom homem, Walters, eu teria que fazer um relatório contra você por causa disso. Se fosse o próprio demônio, um policial não deveria dar graças a Deus por não tê-lo agarrado. Suponho que tudo isso tenha sido um abalo nervoso e não uma visão real...

– Isso tudo, pelo menos, pode ser facilmente verificado – disse Holmes, acendendo sua lanterna de bolso.

– Sim – continuou Holmes, depois de examinar a grama – sapato número 45, eu diria. Se o tamanho for proporcional ao pé, com toda a certeza era um gigante.

– O que aconteceu com ele?

– Parece que passou pelos arbustos e pegou a estrada.

–Quem quer que tenha sido, e o que pretendia, por enquanto sumiu e nós temos coisas mais urgentes para tratar. Sr. Holmes, com sua permissão, vou mostrar-lhe a casa. – disse o inspetor, com uma cara séria e pensativa .

Depois de um exame minucioso, os vários quartos e salas não revelaram quase nada. Aparentemente os inquilinos haviam trazido pouca coisa com eles, ou nada, e toda a mobília tinha sido alugada juntamente com a casa. Havia muita roupa deixada ali, com a marca Marx and Co., High Holborn. Já tinham sido feitas perguntas por telegrama, mas Marx nada sabia de seu cliente a não ser que era um bom pagador. Entre as tralhas deixadas havia cachimbos, alguns romances, dois deles em espanhol, um revólver antiquado e um violão.

– Nada nisso tudo – disse Baynes, andando de quarto em quarto, carregando a vela. – Mas agora, Sr. Holmes, chamo sua atenção para a cozinha.

Era um aposento na parte de trás da casa, sombrio e de teto alto, com uma padiola de palha num canto, que, aparentemente, servira de cama para o cozinheiro. Na mesa, restos do jantar da noite anterior e pratos sujos.

– Veja isto – disse Baynes. – O que acha? Aproximou a vela de um objeto estranho que estava no fundo do armário. Era difícil dizer o que tinha sido, de tão enrugado, murcho e seco que estava. Podia-se apenas dizer que era preto e de couro, e que tinha alguma semelhança com uma figura humana anã. No começo, quando o examinei, pensei que era um negrinho mumificado, depois pensei tratar-se de um macaco muito velho e torcido. Finalmente fiquei em dúvida se era animal ou humano. No meio estava enrolada uma fileira de conchas brancas.

– Muito interessante; de fato, muito interessante – disse Holmes, olhando a relíquia sinistra. – Alguma coisa mais?

Baynes, em silêncio, foi até a pia e levantou a vela. Os membros e o corpo de uma ave grande e branca, selvagemente despedaçada, ainda com as penas, ainda estava ali. Holmes apontou para as estacas na cabeça cortada.

– Um galo branco – disse ele. – Interessantíssimo!

– Na verdade, é um caso bem curioso.

O inspetor Baynes tinha deixado seu trunfo mais sinistro para o final. Apanhou um balde com sangue que estava embaixo da pia. Depois pegou na mesa uma bandeja com pequenos pedaços de ossos carbonizados.

– Alguma coisa foi morta e queimada. Tiramos tudo isso da lareira. Um médico esteve aqui esta manhã. Diz que não são humanos.

Holmes sorriu e esfregou as mãos.

– Devo dar-lhe os parabéns pelo modo proveitoso como está conduzindo este caso, inspetor. Sua capacidade, se posso dizer isso sem ofensa, parece superior às suas oportunidades.

Os olhinhos do inspetor Baynes brilharam de satisfação.

– Tem razão, Sr. Holmes. Vegeta-se no interior. Um caso como este aqui dá uma oportunidade a gente, e eu espero resolvê-lo. O que acha destes ossos?

– Um cordeiro, eu diria, ou um cabrito.

– E o galo branco?

– Curioso, Sr. Baynes, muito curioso. Eu diria mesmo inédito.

– Sim, senhor, nesta casa devia haver gente muito estranha, com costumes bem estranhos. Uma delas está morta. Será que seus ompanheiros a seguiram e a mataram? Se o fizeram, vamos pegá-los, porque todos os portos estão vigiados. Mas minhas opiniões são diferentes. Sim, senhor, são muito diferentes.

– Então o senhor tem uma teoria?

– E vou trabalhar nela sozinho, Sr. Holmes. Devo fazer isso para ganhar prestígio. O senhor tem o nome feito, mas eu ainda tenho que fazer o meu. Ficarei contente em poder dizer no final que eu resolvi o caso sem a sua ajuda.

O inspetor Baynes tinha deixado seu trunfo mais sinistro para o final. Apanhou um balde com sangue que estava embaixo da pia.

Holmes, de bom humor, riu.

– Ora, ora, inspetor – ele disse. – Siga o seu caminho que eu seguirei o meu. Meus resultados sempre estarão à sua disposição, se quiser. Acho que já vi tudo o que queria nesta casa e meu tempo pode ser mais bem aproveitado em outro lugar. *Au revoir* e boa sorte!

Podia dizer, diante de vários sinais sutis, que podiam ter passado despercebidos para todos, menos para mim, que Holmes estava numa pista quente. Impassível como sempre para o observador casual, havia, mesmo assim, ansiedade e indicação de tensão em seus olhos brilhantes e no jeito mais vivo, o que me dizia que o jogo estava em andamento. Como era seu hábito, nada disse, e eu, como meu hábito, nada perguntei. Bastava-me participar do jogo e dar minha humilde contribuição para a prisão, sem distrair aquele cérebro concentrado com interrupções desnecessárias. No devido tempo, tudo me seria contado.

Esperei – mas para meu desapontamento , esperei em vão. Os dias estavam passando e meu amigo não fez mais nada. Passou uma manhã na cidade e eu soube por uma referência casual que ele tinha visitado o Museu Britânico. Com exceção desse passeio, ele passava os dias em longas caminhadas, ou conversando com mexeriqueiros da cidade, com os quais fizera amizade.

– Tenho certeza, Watson, de que uma semana no campo fará bem a você – ele disse. – É muito agradável ver os primeiros brotos verdes nascendo nas sebes e os amentilhos nas aveleiras novamente. Com uma pá, um balde e um livro elementar de botânica, pode passar dias proveitosos.

Ele mesmo saía com esse material, mas a amostra de plantas que trazia para casa à noite era bem pobre.

Encontrávamos de vez em quando, nos nossos passeios, o inspetor Baynes. Quando cumprimentava meu companheiro, seu rosto se abria em sorrisos e seus olhinhos brilhavam. Falava pouco do caso, mas desse pouco víamos que ele não estava insatisfeito com o rumo dos acontecimentos. Entretanto devo admitir que eu fiquei um pouco surpreso quando, uns cinco dias depois do crime, abri o jornal da manhã e vi, em letras garrafais:

O MISTÉRIO DE OXSHOTT – UMA SOLUÇÃO
PRISÃO DO SUPOSTO ASSASSINO

Holmes pulou da cadeira como se tivesse levado uma ferroada quando li a manchete.

– Meu Deus! – exclamou. – Você quer dizer que Baynes o pegou?

– Parece que sim – eu disse, e li o seguinte relato:

"Quando se soube ontem à noite que foi feita uma prisão relacionada com o assassinato de Oxshott, houve grande sensação em Esher e arredores.

Como se sabe, o Sr. Garcia, da Vila Glicínia, foi encontrado morto em Oxshott Common, com sinais de extrema violência no corpo, e naquela mesma noite seu criado e o cozinheiro desapareceram, o que demonstra a participação deles no crime. Pensava-se, mas não se conseguiu provar, que o cavalheiro morto tivesse objetos de valor na casa, e que o roubo fora o motivo do crime. O inspetor Baynes envidou todos os esforços, já que está encarregado do caso, para localizar o esconderijo dos fugitivos, e ele tem bons motivos para crer que eles não estavam longe e ficaram escondidos em um local previamente preparado. Mas sabia-se desde o começo que eles seriam presos, mais cedo ou mais tarde, já que o cozinheiro, segundo o depoimento de um ou dois fornecedores que o viram pela janela, era um homem de aparência que chamava atenção – um mulato imenso e medonho, com traços acentuados do tipo negroide. Ele foi visto depois do crime, porque foi notado e perseguido pelo policial Walters na mesma noite, quando teve a audácia de retornar à Vila Glicínia. O inspetor Baynes, achando que esse retorno deve ter algum objetivo e que poderia, portanto, voltar a acontecer, saiu da casa, mas deixou uma emboscada no matagal próximo. O homem caiu na armadilha e foi capturado ontem à noite, depois de uma luta na qual o policial Downing foi gravemente ferido por uma dentada do selvagem. Espera-se que uma ordem de prisão seja solicitada pela polícia quando o prisioneiro for levado à justiça, e esperam-se grandes progressos a partir desta prisão."

– Temos de ver Baynes imediatamente – exclamou Holmes, apanhando o chapéu. – Vamos pegá-lo antes que parta.

Saímos correndo pela rua do lugarejo e o encontramos, como supúnhamos, quando ele estava saindo.

– Leu o jornal, Sr. Holmes? – perguntou, com um exemplar na mão.

– Sim, Baynes, eu o li. Espero que não se ofenda se eu lhe der uma palavra de advertência.

– De advertência, Sr. Holmes?

– Estive analisando este caso com muito cuidado e acho que o senhor não está no caminho certo. Não gostaria que se expusesse tanto, a menos que tenha certeza.

– É bondade sua, Sr. Holmes.

– Asseguro-lhe que falo pelo seu próprio bem. Tive a impressão de que uma espécie de piscada surgiu rapidamente em um dos olhinhos apertados do Sr. Baynes.

– Combinamos que cada um trabalharia a seu modo, Sr. Holmes. E é exatamente isso que estou fazendo.

– Oh, muito bem – disse Holmes. – Não me culpe.

– Não, senhor. Tenho certeza de que não fez por mal. Mas nós temos nossos próprios sistemas, Sr. Holmes. O senhor tem o seu, eu tenho o meu.

– Bem, vamos esquecer o assunto.

– Disponha sempre de minhas descobertas. Esse sujeito é um perfeito selvagem, forte como um cavalo e feroz como o diabo. Ele mastigou o polegar de Downing até quase arrancá-lo antes de ser dominado. Mal fala uma palavra em inglês e só conseguimos extrair grunhidos dele.

– Acha que tem prova de que foi ele que matou o patrão?

– Eu não disse isso, Sr. Holmes, eu não disse isso. Temos nossos métodos. Siga os seus e eu seguirei os meus. O acordo é este.

Holmes encolheu os ombros quando nos afastamos.

– Não estou entendendo o homem. Ele dá a impressão de que vai falhar. Bem, como ele diz, cada um deve seguir seu próprio caminho e ver no que vai dar. Mas há qualquer coisa no inspetor Baynes que eu não estou entendendo.

– Sente-se nessa cadeira, Watson – disse Holmes, quando voltamos ao nosso aposento no hotel. – Quero deixá-lo a par da situação, já que vou precisar de sua ajuda hoje à noite. Vou mostrar-lhe a evolução do caso até onde eu pude segui-lo. Embora pareça simples em seus aspectos principais, tem dificuldades surpreendentes para uma prisão. Há falhas nessa direção e nós temos de saná-las. Vejamos o bilhete que foi entregue a Garcia na noite de sua morte. Vamos esquecer a teoria de Baynes de que os criados de Garcia estão envolvidos no assunto. A prova disso reside no fato de que foi ele, Garcia, que fez com que Scott Eccles estivesse na sua casa, o que só pode ter sido feito com o intuito de um álibi. Era Garcia, portanto, que tinha uma tarefa a cumprir e, aparentemente, uma tarefa criminosa naquela noite, durante a qual foi morto. Eu disse "criminosa" porque somente um homem com um intuito criminoso desejaria criar um álibi. Quem, então, poderia matá-lo? Com toda a certeza a pessoa contra a qual existia o intuito criminoso. Até aqui, parece que estamos pisando em terreno firme. Podemos ver agora um motivo para o desaparecimento da criadagem de Garcia. Todos estavam metidos na mesma missão desconhecida. Se fosse bem-sucedida, Garcia voltaria e qualquer suspeita seria descartada pelo testemunho do inglês, e tudo ficaria bem. Mas o negócio era perigoso e, se Garcia não voltasse em determinada hora, era provável que estivesse morto. Então ficou estabelecido que, nesse caso, os dois criados deveriam ir para um lugar já combinado, de onde poderiam escapar das investigações e numa situação de tentar novamente mais tarde. Isso explica tudo, não?

Todo o emaranhado pareceu-me claro. Como sempre, fiquei imaginando por que eu não percebi tudo antes.

– Mas por que um dos criados voltou?

– Podemos supor que, na confusão da fuga, alguma coisa preciosa, algo que não conseguiu levar, tenha ficado ali. Isso poderia explicar a insistência dele, não?

– Bem, qual é o próximo passo?

– É o bilhete que Garcia recebeu durante o jantar. Mostra um cúmplice na outra ponta. Mas onde estava a outra ponta? Já lhe mostrei que só podia ser uma casa grande e que a quantidade delas é pequena. Dediquei meus primeiros dias aqui a uma série de passeios nos intervalos de minhas pesquisas de botânica e fiz um reconhecimento de todas as casas grandes e um exame da história de seus ocupantes. Uma casa, e só uma, despertou minha atenção. É a famosa e antiga granja de High Gable, a um quilômetro e meio de Oxshott e a menos de um quilômetro do local da tragédia. As outras pertencem a pessoas normais e respeitáveis, que vivem afastadas de confusões. Mas o Sr. Henderson, de High Gable, é realmente uma pessoa curiosa, a quem podem acontecer fatos curiosos. A partir daí, concentrei minha atenção nele e em sua criadagem. Um grupo estranho de pessoas, Watson – o próprio homem é o mais estranho de todos. Com uma boa desculpa dei um jeito de falar com o sujeito, mas tive a impressão de ler nos seus olhos escuros e desconfiados que ele estava a par de minhas verdadeiras intenções. Tem uns 50 anos, forte, ágil, cabelos grisalhos, sobrancelhas pretas e bastas, anda empinado como um cervo e tem o ar de um imperador. E um homem destemido, autoritário, com uma vontade férrea escondida atrás de uma pele de pergaminho. Ele tanto pode ser um estrangeiro como alguém que viveu muito tempo nos trópicos, já que é amarelo e seco, mas forte como um chicote. Seu amigo e secretário, Sr. Lucas, sem dúvida nenhuma é estrangeiro, cor de chocolate, astuto, polido e felino, com um linguajar sutil e venenoso. Você está vendo, Watson, que nos defrontamos com dois grupos de estrangeiros, um na Vila Glicínia e um em High Gable – de modo que estamos começando a suprir nossas falhas. Estes dois homens, amigos íntimos, são o núcleo da casa, mas há uma outra pessoa que pode ser ainda mais importante para nosso fim imediato. Henderson tem duas filhas – meninas de 11 e 13 anos. A governanta é a senhorita Burnet, uma inglesa quarentona. Existe ainda um criado de confiança. Este pequeno grupo forma a família, porque eles viajam juntos, e Henderson é um grande viajante, sempre se mudando. Faz poucas semanas que ele voltou a High Gable, depois de uma viagem em que ficou ausente durante um ano. Devo acrescentar que ele é muito rico e pode satisfazer todos os seus caprichos. No mais, a casa está cheia de mordomos, lacaios, arrumadeiras, e a criadagem comum, equipe de uma casa grande de campo. Eu soube de tudo isso pelos fofoqueiros do lugar, e em parte por meio de minhas próprias observações. Não existe parceiro melhor do que empregados demitidos e ressentidos, e eu tive a sorte de encontrar um. Eu chamo isso de sorte, mas eu não o encontraria se não estivesse procurando por ele. Como diz Baynes, cada um tem seu método. Foi o meu método que me fez encontrar John Warner, ex-jardineiro de High Gable, despedido num acesso temperamental de seu patrão com ares de imperador. Ele, por sua vez, tinha amigos na casa, que também tinham medo e rancor do patrão. Assim eu tinha a chave para os segredos da casa. Gente curiosa, Watson! Não quero dizer que já conheço todos, mas, de qualquer modo, gente muito interessante. A casa tem duas alas, os criados moram numa delas e a família na outra. Não existe ligação entre elas, a não ser para o criado particular de Henderson, que serve as refeições da família. Tudo é levado até uma certa porta, que faz a ligação. As crianças e a governanta dificilmente saem, a não ser para o jardim. Henderson nunca sai sozinho. Seu secretário moreno é como uma sombra. O mexerico entre os criados é que o patrão tem um medo terrível de alguma coisa. "Vendeu a alma ao diabo a troco de dinheiro e está esperando que o credor venha exigir o que lhe pertence", diz Warner. Ninguém sabe de onde eles vieram ou quem são. São muito violentos. Por duas vezes Henderson agrediu algumas pessoas com um chicote e só mesmo sua fortuna e uma boa recompensa o mantiveram afastado da justiça. Bem, Watson, vamos agora analisar a situação a partir destas novas informações. Podemos supor que o bilhete tenha vindo dessa casa estranha, e que era um convite para que Garcia executasse algo que já tinha sido planejado. Quem escreveu o bilhete? Era alguém de dentro da casa, e era uma mulher. Quem, a não ser a senhorita Burnet, a governanta? Nosso raciocínio parece indicar esse rumo. De qualquer modo, podemos tê-la como hipótese e ver a que consequência vai nos levar. Devo acrescentar que o caráter e a idade da governanta, senhorita Burnet, confirmam minha teoria inicial de que um caso de amor está fora de cogitação. Se ela escreveu o bilhete, com toda certeza era amiga e cúmplice de Garcia. O que, então, ela devia fazer se soubesse que ele estava morto? Se ele morreu por causa de algo criminoso, ela jamais diria uma palavra. Assim sendo, ela guardaria, no fundo do coração, amargura e ódio contra os assassinos e faria tudo o que pudesse para se vingar deles. Poderíamos então vê-la e usá-la? Este foi meu primeiro pensamento. Mas agora estamos diante de um fato sinistro. Ninguém mais viu a senhorita Burnet desde a noite do crime. Ela simplesmente sumiu desde aquela noite.

– Está viva? Será que ela morreu na mesma noite em que atraiu seu amigo? Ou será que ela é simplesmente uma prisioneira? Esta é a questão que nós temos que esclarecer. Você vai entender a dificuldade da questão, Watson. Não temos nenhuma base para solicitar um mandado de prisão. Toda a nossa história pareceria fantástica se a apresentássemos a um juiz. O desaparecimento da mulher não vale nada, já que, naquela criadagem incomum, qualquer um deles pode sumir durante uma semana. E ainda pode ser que ela esteja correndo perigo de vida. Tudo o que eu posso fazer é vigiar a mansão e deixar meu agente Warner de guarda nos portões. Não podemos deixar que uma situação assim vá em frente. Se a lei não pode fazer nada, nós devemos correr o risco.

– O que você sugere?

– Sei onde fica o quarto dela. Podemos alcançá-lo do telhado de uma construção anexa. Acho que você e eu devemos ir lá esta noite para tentarmos acertar bem no coração do mistério.

Confesso que não era uma perspectiva muito tentadora. A velha casa com sua atmosfera de crime, os habitantes estranhos, os perigos desconhecidos da nossa abordagem e o fato de estarmos nos colocando numa posição ilegal, tudo isso contribuiu para diminuir meu entusiasmo. Mas havia qualquer coisa no raciocínio frio de Holmes que tornava impossível uma desculpa para não participar de qualquer aventura para a qual ele me convidasse. Sabíamos que assim, somente assim, poderíamos achar a solução. Apertei sua mão em silêncio e a sorte estava lançada.

Mas o destino quis que nossa investigação não tivesse um fim tão aventureiro. Eram mais ou menos cinco horas e as primeiras sombras da noite de março já começavam a surgir quando um sujeito rude entrou correndo em nosso quarto:

– Eles partiram, Sr. Holmes. Partiram no último trem. A mulher fugiu e eu a trouxe num cabriolé.

– Excelente, Warner! – exclamou Holmes, levantando-se de um salto. – Watson, nossos problemas estão se acabando rapidamente.

A mulher estava no carro, quase inconsciente por causa de um estresse nervoso. Trazia, no rosto aquilino e magro, sinais de uma tragédia recente. A cabeça estava caída no peito, e quando ela a ergueu e fixou os olhos amortecidos em nós, vi que suas pupilas eram pontos negros no centro de grandes íris cinzentas. Ela tinha sido drogada com ópio.

– Fiquei de guarda no portão, como o senhor mandou, Sr. Holmes – disse nosso emissário, o jardineiro despedido. – Quando a carruagem saiu, eu a segui até a estação. Ela parecia uma sonâmbula, mas quando eles tentaram empurrá-la para dentro do trem, ela acordou e lutou. Eles a arrastaram para dentro do vagão, mas ela escapou novamente. Eu a socorri e a coloquei no cabriolé, e aqui estamos nós. Jamais vou me esquecer do rosto que vi na janela do vagão quando eu a puxei. Minha vida não valeria nada se ele voltasse aqui, o olho negro, carrancudo, do diabo amarelo.

Nós a levamos para cima, até nosso aposento, e a deitamos num sofá, e alguns goles de café forte fizeram seu cérebro sair da névoa da droga. Holmes havia chamado Baynes e explicou-lhe rapidamente a situação.

– Sim senhor! Pegou a prova que eu queria – disse o inspetor com veemência, apertando a mão de meu amigo. – Eu estava desde o início na mesma pista.

– O quê? O senhor estava atrás de Henderson?

– Ora, Sr. Holmes, enquanto o senhor ficava rastejando nas moitas em High Gable, eu estava em cima de uma árvore do pomar a observá-lo. Era apenas uma questão de ver quem pegaria a prova primeiro.

– Então, por que prendeu o mulato?

Baynes deu um risinho.

– Eu tinha certeza de que Henderson – como ele diz chamar-se – estava desconfiado e que ficaria quieto no mesmo lugar enquanto se sentisse seguro. Prendi o homem errado para fazê-lo crer que não estávamos na sua pista. Sabia que ele tentaria fugir e assim nos daria uma chance de chegar até a Srta. Burnet.

Holmes pôs a mão no ombro do inspetor.

– O senhor vai longe na sua profissão. Tem instinto e intuição – ele disse.

Baynes corou de prazer.

– Deixei um guarda à paisana na estação durante toda a semana. Onde quer que o pessoal de High Gable vá, ele estará vigiando. Mas deve ter sido difícil para ele quando a Srta. Burnet fugiu. Felizmente seu agente a pegou e está tudo bem. Não podemos efetuar nenhuma prisão sem o testemunho dela, de modo que, quanto antes obtivermos um depoimento dela, será melhor.

– Ela está melhorando rapidamente – disse Holmes, olhando para a governanta. – Mas, diga-me, Baynes, quem é Henderson?

– Henderson é dom Murillo, antes conhecido como o Tigre de San Pedro. – respondeu o inspetor.

O Tigre de San Pedro! A história completa do homem surgiu rapidamente em minha cabeça. Ele criou fama como o mais cruel e sanguinário tirano que já governou um país com a máscara de civilização. Forte, destemido e enérgico, ele conseguiu impor seus vícios hediondos a um povo amedrontado durante dez ou doze anos. Seu nome era um terror em toda a América Central. No final daquele período houve um levante geral contra ele. Mas ele era tão cruel quanto esperto, e ao primeiro sinal de problema, transferiu em segredo seus tesouros para um navio tripulado por correligionários devotados. No dia seguinte, quando os insurretos atacaram o palácio, encontraram tudo vazio. O ditador, suas duas filhas, o secretário e sua fortuna escaparam

Eles a arrastaram para dentro do vagão,
mas ela escapou novamente.

deles. A partir daquele momento ele sumiu no mundo e sua identidade foi motivo para comentários frequentes na imprensa europeia.

– Sim, senhor, dom Murillo, o Tigre de San Pedro – disse Baynes. – Se o senhor procurar, vai descobrir que as cores de SanPedro são verde e branco, as mesmas mencionadas no bilhete, Sr. Holmes. Ele diz chamar-se Henderson, mas consegui reconstituir seu roteiro desde Paris, Roma, Madri e Barcelona, onde seu navio chegou em 1886. Eles o procuraram o tempo todo para a vingança, mas somente agora conseguiram encontrá-lo.

– Eles o descobriram há um ano – disse a Srta. Burnet, agora sentada e acompanhando a conversa. – Tentaram matá-lo uma vez, mas um espírito maligno o protegia. E agora de novo, Garcia, nobre e corajoso, falhou, e o monstro escapa. Mas virá um outro, e outro, até que um dia seja feita justiça; isso é tão certo como o nascer do sol.

As mãos finas da mulher se contraíram e seu rosto empalideceu de ódio.

– Mas como a senhorita veio a participar disso? – perguntou Holmes. – Como pode uma inglesa vir a participar desse caso criminoso?

– Eu me envolvi porque não existe outro modo no mundo de se fazer justiça. A lei inglesa se preocupa com o rio de sangue derramado há tanto tempo em San Pedro, ou com a riqueza que o homem roubou? Para vocês, tudo isso pode dar a impressão de crimes cometidos em outro mundo. Mas nós sabemos. Aprendemos a verdade por meio da dor e do sofrimento. Para nós não existe um demônio no inferno como Juan Murillo e nenhuma paz na vida enquanto suas vítimas ainda clamam por vingança.

– Sem dúvida ele era como a senhorita o descreveu – disse Holmes. – Eu ouvi dizer que ele era cruel. Mas como isso a atingiu?

– Vou contar-lhe tudo. A política desse bandido era matar, sob qualquer pretexto, todos os homens que tivessem a possibilidade de tornar-se um rival perigoso para ele. Meu marido – sim, meu nome verdadeiro é Sra. Victor Durando – era embaixador de San Pedro em Londres. Foi lá que ele me conheceu e onde nos casamos. Jamais conheci alguém mais nobre. Infelizmente Murillo ouviu falar de suas qualidades, chamou-o de volta com um pretexto qualquer e ele foi fuzilado. Com uma premonição do seu destino, ele se recusou a levar-me com ele. Confiscaram os seus bens e eu fiquei na miséria e com o coração amargurado. Então, veio a queda do tirano. Ele fugiu, como o senhor acabou de descrever. Mas muitos daqueles cujas vidas ele arruinou, torturando e matando seus parentes, jamais deixariam o assunto esquecido. Uniram-se numa sociedade que só terminaria quando a missão fosse cumprida. Depois que descobrimos que ele era o tal de Henderson, minha missão era fazer parte da sua criadagem e manter contato com os outros, deixando-os a par de seus movimentos. Eu poderia fazer isso mantendo minha função de governanta na família. Ele mal sabia que a mulher que ele via a cada refeição era a mesma cujo marido ele mandara para a eternidade. Eu sorria para ele, cumpria minhas obrigações com as crianças e aguardava minha vez. Em Paris, fizeram uma tentativa, mas falharam. Fugimos imediatamente, percorrendo em ziguezague toda a Europa a fim de despistar os perseguidores, e finalmente voltamos para esta casa, que ele tinha ocupado na primeira vez que veio à Inglaterra. Mas aqui também estavam esperando os emissários da justiça. Sabendo que ele voltaria para cá, Garcia, filho do mais alto dignitário em San Pedro, ficou esperando, juntamente com dois amigos fiéis, todos com os mesmos motivos para a vingança. Nada se podia fazer durante o dia, já que Murillo tomava todas as precauções e nunca saía sem seu satélite, Lucas, ou Lopez, como era conhecido nos seus dias de poder. Mas, à noite, ele dormia sozinho e o vingador poderia achá-lo. Certa noite, já programada, enviei a meus amigos instruções finais, porque o homem estava permanentemente alerta e sempre mudava de quarto. Eu tinha de verificar se as portas estavam abertas e o sinal, de luz verde ou branca na janela que dava para a alameda, era para indicar que tudo estava bem ou que a tentativa deveria ser adiada. Mas tudo deu errado conosco. De algum modo eu despertei a suspeita de Lopez, o secretário. Ele se aproximou sorrateiramente de mim por trás e me agarrou quando eu tinha acabado de escrever o bilhete. Ele e o patrão me arrastaram até o meu quarto e me acusaram de traição. Se eles soubessem como escapar das consequências do seu ato, teriam me matado na mesma hora. Finalmente, depois de muita discussão, chegaram à conclusão de que minha morte seria muito perigosa. Mas estavam decididos a se livrar de Garcia de uma vez por todas. Eles tinham me amarrado e Murillo torceu meu braço até eu lhe dar o endereço. Juro que eu o deixaria quebrar meu braço se eu soubesse o que aconteceria com Garcia. Lopez endereçou o bilhete que eu escrevi, selou-o com sua abotoadura e o enviou pelo criado José. Não sei como eles o mataram, a não ser que foi a mão de Murillo que o liquidou, já que Lopez ficou me vigiando. Eu acho que eles devem ter ficado esperando entre as moitas que cercam o caminho e o acertaram quando ele passou. No começo eles queriam deixá-lo entrar na casa e mata-lo como um assaltante comum, mas argumentaram que se eles se envolvessem num inquérito, a verdadeira identidade deles poderia tornar-se pública, e ficariam vulneráveis a ataques futuros. Com a morte de Garcia, talvez parasse a perseguição, já que essa morte poderia amedrontar outros encarregados da tarefa. Tudo estaria bem para eles agora, se não fosse o fato de eu saber o que haviam feito. Tenho certeza de que minha vida esteve em perigo muitas vezes. Estava presa no meu quarto, com ameaças terríveis, cruelmente usadas contra minha resistência para quebrá-la. Reparem neste golpe no meu ombro e manchas nos dois lados de meus braços. Eles me amordaçaram quando, uma vez, tentei gritar da janela. Continuaram com esta prisão cruel durante cinco dias, com pouca comida para me manter de pé. Hoje eles me trouxeram um almoço suculento, mas depois que comi, percebi que tinha sido drogada. Lembro-me de que, numa espécie de transe, fui meio desfalecida até um carro; puseram-me no trem, no mesmo estado. Só aí, quando as rodas estavam quase se movendo, eu compreendi que minha liberdade estava nas minhas mãos. Pulei do trem, eles tentaram me arrastar de volta e, se não fosse a ajuda deste bom homem aqui, que me colocou no cabriolé, eu não conseguiria escapar. Agora, graças a Deus, estou livre deles para sempre.

Todos nós ouvimos com atenção este relato impressionante. Holmes quebrou o silêncio:

– Nossos problemas ainda não acabaram – ele disse, sacudindo a cabeça. – Termina nosso trabalho policial, começa o legal.

– Exatamente – eu disse. – Um bom advogado pode apresentá-lo como um gesto de autodefesa. Talvez haja centenas de crimes atrás disso, mas só este pode ser julgado.

– Ora, ora – disse Baynes, todo animado. – Creio que a lei é mais do que isso. Autodefesa é uma coisa. Atrair um homem a sangue-frio com o intuito de matá-lo é outra, apesar do medo que se possa ter dele. Não, não, todos nós ficaremos gratificados quando tivermos os habitantes de High Gable no próximo júri de Guilford.

É uma questão de história, no entanto, que ainda demorasse algum tempo até que o Tigre de San Pedro encontrasse seus executores. Astuto e audacioso, ele e seu companheiro despistaram seus perseguidores, entrando pela porta da frente de uma casa na Edmonton Street e saindo pela dos fundos na praça Curzon. Nunca mais foram vistos na Inglaterra. Uns seis meses depois, o marquês de Montalva e o Sr. Rulli, seu secretário, foram mortos nos seus quartos no Hotel Escurial, em Madri. O crime foi atribuído à Organização Niilista e seus autores jamais foram presos.

O inspetor Baynes nos visitou em Baker Street com um retrato falado do rosto moreno do secretário e as feições autoritárias, olhos negros e magnéticos, sobrancelhas espessas do seu chefe. Não tivemos dúvida de que, embora tardia, fora feita justiça.

– Um caso confuso, meu caro Watson – disse Holmes, à noite, fumando seu cachimbo. – Você não poderá apresentá-lo naquela forma compacta de que você tanto gosta. Ele abrange dois continentes, dois grupos de pessoas misteriosas e é ainda mais complicado pela presença extremamente respeitável de nosso amigo Scott Eccles, cuja inclusão mostra que o falecido Garcia tinha uma mente planejadora e um instinto de sobrevivência bem desenvolvido. É impressionante pelo simples fato de que, em meio a um verdadeiro emaranhado de possibilidades, nós, juntamente com nosso digno colaborador, o inspetor Baynes, tenhamos mantido nossa mente presa aos fatos essenciais e, desta forma, fôssemos guiados pelo caminho obscuro e tortuoso. Existe ainda algum detalhe que não tenha ficado claro para você?

– Qual o objetivo da volta do cozinheiro?

– Eu acho que a estranha criatura na cozinha pode justificá-la. O homem era um selvagem primitivo, dos confins de San Pedro, e aquilo era o seu sonho. Quando ele e o companheiro fugiram para o esconderijo preparado – já ocupado, sem dúvida, por algum cúmplice –, seu comparsa o convenceu a abandonar o objeto comprometedor. Mas o coração do mulato estava com o objeto, e ele voltou no dia seguinte, quando, ao sondar pela janela, encontrou o guarda Walters de plantão. Ele esperou mais três dias, e então sua religião, ou sua superstição, fez com que ele tentasse de novo. O inspetor Baynes, com sua astúcia habitual, minimizara o incidente para mim, mas na verdade tinha reconhecido sua importância e deixara uma armadilha, na qual a criatura caiu. Algum outro detalhe, Watson?

– O pássaro esquartejado, o balde de sangue, os ossos carbonizados, o mistério todo daquela cozinha esquisita?

Holmes sorriu enquanto consultava uma anotação no seu caderno.

– Passei uma manhã no Museu Britânico lendo a respeito disso aqui e de alguns outros pontos. Aqui está uma explicação de Eckermann sobre Voduísmo e Religiões Negras: "O verdadeiro seguidor do vodu não faz nada importante sem alguns sacrifícios, cujo objetivo é agradar aos seus deuses impuros. Em casos extremos, esses rituais tomam a forma de sacrifícios humanos, seguidos de canibalismo. As vítimas mais comuns são um galo branco, esquartejado vivo, ou um bode preto, cujo pescoço é cortado e o sangue queimado.

Agora você vê que nosso amigo selvagem era bem ortodoxo em seus rituais. É grotesco, Watson – acrescentou Holmes, enquanto fechava lentamente seu caderno de anotações – , mas, como eu já tive oportunidade de observar, há apenas um passo entre o grotesco e o horrível.

II

O Caso do Círculo Vermelho

– Sra. Warren, não vejo por que deva se preocupar, nem vejo por que eu deva gastar meu tempo valioso e interferir no caso. Eu realmente tenho outras coisas com que me ocupar.

Assim falou Sherlock Holmes, e voltou novamente sua atenção para o grande álbum de recortes, no qual estava colocando em ordem parte do seu material mais recente. Mas a senhoria tinha a persistência e a esperteza do sexo feminino. Manteve firmemente o ponto de vista.

– O senhor deu um jeito num caso para um de meus inquilinos no ano passado, o Sr. Fairdale Hobbs...

– Ah, sim, um casinho simples.

– Mas ele não para de falar nisso, na sua bondade, senhor, e o modo como esclareceu uma situação nebulosa. Eu me lembro das palavras dele quando eu mesma estava envolvida em dúvidas e trevas. Eu sei que o senhor conseguiria, se quisesse.

Holmes era acessível por meio da lisonja, e também, justiça seja feita, pela amabilidade. As duas forças o fizeram deixar de lado o pincel de goma-arábica com um suspiro de resignação, e recostar-se na cadeira.

– Certo, Sra. Warren, vamos ouvir sua história, então. Não se incomoda se eu fumar? Obrigado. Watson, os fósforos. A senhora está preocupada, pelo que sei, porque seu novo inquilino fica trancado no quarto e não o vê. Ora, senhora Warren, se eu fosse seu inquilino, com frequência deixaria de me ver durante semanas ou mais.

– Não duvido, senhor, mas aqui é diferente. Isto está me assustando, Sr. Holmes. Não durmo de medo. Escuto os passos apressados dele, andando de um lado para o outro desde cedo até tarde da noite e não vê-lo um instante sequer... tudo isso é mais do que posso suportar. Meu marido também está nervoso com isso, como eu, mas ele está sempre fora de casa, trabalhando o dia todo, enquanto eu não tenho paz. Do que ele está se escondendo? O que foi que fez? Com exceção da menina, fico completamente sozinha em casa com ele, e isso é mais do que meus nervos podem aguentar.

Holmes inclinou-se para a frente e tocou, com seus dedos longos e finos, o ombro da mulher. Ele tinha um poder quase hipnótico de acalmar quando queria. A expressão de medo desapareceu do rosto dela e os gestos nervosos voltaram ao normal. Ela sentou-se na cadeira que ele indicou.

– Se eu for cuidar do caso, preciso conhecer todos os detalhes – disse. – Pense com calma. O menor detalhe pode ser essencial. A senhora diz que o homem chegou há dez dias e lhe pagou uma quinzena de casa e comida?

– Ele perguntou minhas condições. Eu disse 50 xelins por semana. Há uma salinha e um quarto mobiliados no andar superior da casa.

– E daí?

– Ele disse: "Vou lhe pagar 5 libras por semana se aceitar as minhas condições." Sou uma mulher pobre, senhor, e meu marido ganha pouco. O dinheiro significa muito para mim. Ele tirou uma nota de 10 libras e ficou a mostrá-la para mim. "Pode receber a mesma quantia durante 15 dias, por muito tempo, se mantiver as condições", ele disse. "Se não, nada tenho a tratar com a senhora."

– Quais eram as condições?

– Ele queria ter uma chave da casa. Até aí, tudo bem. Inquilinos sempre a têm. Ele também deveria ser deixado inteiramente só e nunca, sob nenhum pretexto, ser perturbado.

– Nada demais nisso, não?

– Parece, senhor, mas isso está fora de qualquer lógica. Faz dez dias que ele está lá e nem meu marido, nem a menina, ninguém pôs os olhos nele desde então. Escutamos os passos dele, andando de um lado para o outro, de noite, de manhã, de tarde. Com exceção da primeira noite, ele nunca mais saiu de casa.

– Oh, então ele saiu na primeira noite, certo?

– Sim, senhor, e voltou bem mais tarde, depois que todos nós já estávamos deitados. Ele me havia dito, depois que alugou o quarto, que iria agir assim e me pediu para não trancar a porta. Eu ouvi quando ele subiu a escada depois da meia-noite.

– E as refeições?

– Foi recomendação especial dele que nós devíamos, sempre que ele tocasse a campainha, deixar o prato sobre uma cadeira, do lado de fora da por-

"Ora, Watson" disse Holmes, olhando com grande curiosidade para as tiras de papel que a mulher lhe entregara.

ta. Ele tocaria de novo quando tivesse terminado, e nós pegaríamos o prato na mesma cadeira. Quando ele quer alguma outra coisa, escreve em letra de forma num pedaço de papel e deixa ali.

– Letra de forma?

– Sim, com um lápis, em letra de forma, apenas a palavra e nada mais. Aqui está uma que trouxe para lhe mostrar.

"sabonete". Eis outra: "fosforo". Esta ele deixou na primeira manhã "Daily Gazette". Deixo-lhe o jornal, junto com o café, toda manhã.

– Ora, Watson – disse Holmes, olhando com grande curiosidade para as tiras de papel que a mulher lhe entregara – isto é realmente estranho. Posso entender a reclusão, mas por que escrever com letra de forma? Escrever assim é mais trabalhoso. Por que não escrever normalmente? O que significa isso, Watson?

– Que não quer mostrar a caligrafia.

– E por quê? Por que a senhoria não deve ver sua letra? Pode ser como você disse, mas então, por que pedidos tão lacônicos?

– Não consigo imaginar.

– Isto abre um campo interessante para uma investigação inteligente. As palavras são escritas com um lápis de ponta grossa, bem comum. Note que o papel foi rasgado aqui deste lado, depois que escreveu, de forma que o "s" do "sabonete" quase foi arrancado. Bem sugestivo, não, Watson?

– Precaução?

– Exatamente. É claro que havia alguma marca, impressão do polegar, algo que pudesse dar uma indicação da identidade da pessoa. A senhora diz que o homem era de estatura mediana, moreno, de barba. Quantos anos teria?

– Jovem, não mais de 30.

– Bem, pode me dar mais algumas informações?

– Falava um inglês correto, embora eu ache que seja estrangeiro, pelo sotaque.

– Estava bem-vestido?

– Muito bem-vestido, um cavalheiro. Roupas escuras, nada que desse na vista.

– Deu algum nome?

– Não, senhor.

– Recebeu cartas ou visitas?

– Nada.

– Com certeza a senhora ou a criada entram no quarto de manhã.

– Não. Ele mesmo cuida do quarto.

– Ora, ora! Isto é realmente notável. E a bagagem dele?

– Trazia uma mala marrom grande, nada mais.

– Parece que não temos muito material para nos ajudar. A senhora diz que nada saiu do quarto – absolutamente nada?

A mulher tirou um envelope da bolsa. Do envelope tirou dois palitos de fósforo queimados e uma ponta de cigarro, colocando tudo sobre a mesa.

– Estavam na bandeja dele, hoje cedo. Eu os trouxe porque soube que o senhor tira grandes conclusões de coisas pequenas.

Holmes encolheu os ombros.

– Não há nada aqui – ele disse. – Os fósforos, é claro, foram usados para acender cigarro. Isto está claro pelo pedaço queimado. Gasta-se a metade do palito ao se acender um cachimbo ou charuto. Mas... caramba! Esta guimba de cigarro é realmente interessante. O cavalheiro tinha barba e bigode, não?

– Sim, senhor.

– Não estou entendendo isso. Eu diria que só pode ter sido fumado por alguém sem barba. Isso porque, Watson, até mesmo seu modesto bigode ficaria chamuscado.

– Uma piteira? – eu sugeri.

– Não, não. A extremidade não mostra isso. Não poderia haver duas pessoas no quarto, Sra. Warren?

– Não, senhor. Ele come tão pouco que nem imagino como consegue se manter vivo.

– Acho que devemos aguardar mais algum material. Afinal de contas, a senhora não tem nada a reclamar. Recebeu o aluguel e ele não é um inquilino problemático, embora seja fora do comum. Ele lhe paga bem e, se prefere viver trancado, não é da sua conta. Não temos desculpa para nos intrometermos na sua privacidade, até termos algum motivo para achar que há algo suspeito. Aceitei o caso e vou ficar atento. Conte-me qualquer novidade e confie na minha ajuda, se for necessária.

– Certamente há alguns detalhes interessantes neste caso, Watson – disse Holmes depois que a mulher saiu. – Pode muito bem tratar-se de uma coisa banal, excentricidade mesmo, ou então pode ser algo mais profundo do que aparenta na superfície. A primeira coisa que chama a atenção é a possibilidade de que a pessoa que está agora no quarto seja completamente diferente do homem que o alugou.

– Por que acha isso?

– Bem, além do toco de cigarro, não foi sugestivo o fato de que a única vez que o inquilino saiu foi logo depois que alugou o quarto? Ele voltou – ou alguém voltou – quando qualquer testemunha possível estava fora do caminho. Não temos nenhuma prova de que a pessoa que voltou seja a mesma que saiu. Além do mais, o homem que alugou os aposentos falava bem, no entanto, escreve "fosforo", quando o correto é "fósforo", com acento. O estilo lacônico talvez disfarce a falta de conhecimento do inglês. Sim, Watson, há fortes motivos para supor que tenha havido uma troca de inquilinos.

– Mas com que objetivo?

– Ah, aí é que está nosso problema. Há uma linha bastante clara de investigação.

Ele apanhou o livro volumoso em que, dia após dia, arquivava os avisos de desaparecidos nos vários jornais londrinos.

– Puxa vida – disse, folheando as páginas –, que coro de gemidos, choros e lamentações! Que punhado de acontecimentos estranhos. Mas, com toda certeza, é um campo valiosíssimo para quem se dedica ao estudo do incomum! O nosso inquilino está sozinho e não pode ser abordado por carta sem a quebra do absoluto segredo desejado. Como as notícias ou mensagens chegam até ele? Claro que através de anúncios em um jornal. Parece não haver outra forma e, felizmente, temos de nos ocupar apenas com um jornal. Aqui estão os recortes do Daily Gazette dos últimos 15 dias. "Senhora com um boá preto no Prince's Skating Club...", podemos ir em frente. "Com toda a certeza, Jimmy não vai querer magoar o coração de sua mãe" isto parece não ter importância para nós. "Se a senhora que desmaiou no ônibus de Brixton...", ela não me interessa. "Todo dia meu coração anseia", lamentações infindáveis! Ah, isto já é possível. Ouça: "Tenha paciência. Vamos encontrar algum meio de comunicação seguro. Nesse meio-tempo, esta coluna. G." Isto foi dois dias depois da chegada do inquilino da Sra. Warren. Parece plausível, não? O inquilino misterioso pode entender inglês, mesmo que não saiba escrevê-lo. Vamos ver se conseguimos pegar a pista de novo. Sim... sim... aqui está, três dias depois: "Estou tomando providências com êxito. Paciência e prudência. As nuvens hão de passar. G." Depois disso, uma semana de silêncio. E agora vem algo mais definido: "O caminho está ficando limpo. Se eu achar meio de me comunicar com sinais, lembre-se do código combinado: 1, A; 2, B, e assim por diante. Você logo terá notícias. G." Isto foi no jornal de ontem, e hoje não há nada. Tudo se encaixa muito bem no inquilino da Sra. Warren. Se esperarmos um pouco, Watson, tenho certeza de que o caso vai ficar ainda mais compreensível.

E assim foi, pois logo de manhã encontrei meu amigo de pé, com as costas voltadas para a lareira e um sorriso de total satisfação nos lábios.

– Que tal isto aqui, Watson? – perguntou, pegando o jornal na mesa. – "Casa vermelha alta com fachada de pedra branca. Terceiro andar. Segunda janela à esquerda. Depois do anoitecer. G." Isto basta. Acho que, depois do café-da-manhã, devemos fazer um pequeno reconhecimento da vizinhança da Sra. Warren.

– Ah, Sra. Warren, que novidades nos traz esta manhã?

Jogaram um paletó em sua cabeça e o meteram num carro encostado ao meio-fio

Nossa cliente tinha irrompido na sala com tamanho ímpeto que demonstrava que acontecera algo importante.

– É um caso de polícia, Sr. Holmes! – berrou ela. – Não quero mais saber disso! Ele tem de sair de lá com a bagagem! Eu ia subir e falar com ele, só que resolvi ouvir primeiro seu conselho. Mas minha paciência está no fim, e quando acontece de baterem no meu marido por causa disso...

– Bateram no seu marido?

– De qualquer forma foi maltratado.

– Mas quem fez isso?

– Ah, isso é o que queremos saber! Foi hoje de manhã, senhor. Meu marido é o controlador do livro de ponto da firma Mortone Waylight's, em Tottenham Court Road. Ele sai de casa antes das sete horas. Bem, hoje cedo ele ainda não tinha dado dez passos quando dois homens se aproximaram por trás, jogaram um paletó em sua cabeça e o meteram num carro encostado ao meio-fio. Andaram com ele durante uma hora e depois abriram a porta e o jogaram para fora. Ele ficou tão tonto na estrada que nem viu o que aconteceu com o carro. Quando se levantou, viu que estava em Hampstead Heat; tomou um ônibus de volta para casa e está lá, deitado no sofá, enquanto eu vim diretamente lhe contar o que aconteceu.

– Muito interessante – disse Holmes. – Ele notou a aparência dos homens, ouviu-os conversar?

– Não, ele está completamente tonto. Só sabe que foi levantado e atirado como num passe de mágica. Havia pelo menos dois homens, ou talvez três.

– E a senhora relaciona este ataque com seu inquilino?

– Ora, há 15 anos moramos ali e nunca aconteceu uma coisa assim antes. Não quero mais saber dele! Dinheiro não é tudo! Vou fazê-lo sair de minha casa antes de o dia terminar.

– Espere um pouco, Sra. Warren. Não faça as coisas de modo precipitado. Começo a achar que este caso é muito mais importante do que pareceu à primeira vista. Está claro agora que algum perigo está ameaçando seu inquilino. Também está claro que os inimigos dele, esperando-o perto de sua casa, pegaram seu marido por engano, na manhã cheia de neblina. Quando perceberam o engano, eles o soltaram. Podemos apenas supor o que fariam se não tivesse sido um engano.

– Bem, o que devo fazer, Sr. Holmes?

– Gostaria imensamente de ver seu inquilino, Sra. Warren.

– Não sei como se pode conseguir isso, a não ser que o senhor arrombe a porta. Eu sempre o escuto destrancando-a quando desço, depois de deixar a bandeja para ele.

– Ele tem de pegá-la. Com toda a certeza podemos nos esconder e vê-lo.

A mulher pensou por um momento.

– Há um quarto em frente, senhor. Eu posso arrumar um espelho, talvez, e o senhor fica atrás da porta...

– Excelente! Quando ele almoça?

– Ali pelas 13 horas.

– Eu e o Dr. Watson estaremos lá, então. Até mais tarde, Sra. Warren.

Às 12:30h nós nos achávamos nos degraus da casa da Sra. Warren, uma casa alta, de tijolos amarelos, em Great Orme Street, uma ruazinha estreita a noroeste do Museu Britânico. Como fica perto da esquina, tem uma vista da Howe Street, com casas mais elegantes. Com um risinho de satisfação, Holmes apontou para uma das casas, que se destacava das outras.

– Veja, Watson: "Casa vermelha alta com fachada de pedra branca." É o lugar para os sinais, sem dúvida. Sabemos o lugar e conhecemos o código; de modo que nossa tarefa será simples. Há um cartaz de "Aluga-se" na janela. Evidentemente é um apartamento vazio, ao qual o cúmplice tem acesso. Muito bem, Sra. Warren, e agora?

Senhoria apareceu com a bandeja, colocou-a sobre a cadeira, perto da porta fechada, e foi-se embora.

– Está tudo preparado para os senhores. Se subirem agora e deixarem os sapatos aqui, eu os instalarei lá.

Ela arranjara um excelente esconderijo. O espelho fora colocado de tal forma que, sentados no escuro, podíamos ver toda a porta em frente. Mal tínhamos nos instalado, depois que a mulher saiu, quando ouvimos uma campainha tocando, o que significava que o misterioso hóspede tinha chamado. Naquele momento a senhoria apareceu com a bandeja, colocou-a sobre a cadeira, perto da porta fechada e foi-se embora, pisando forte. Espremidos no ângulo da porta, ficamos olhando para o espelho. De repente, depois que os passos da mulher desapareceram, ouvimos uma chave rangendo na porta, a maçaneta se mexeu e duas mãos finas apareceram e pegaram o prato da cadeira. Mas logo em seguida as mesmas mãos largaram o prato na cadeira e eu vi, rapidamente, um rosto bonito, moreno e aterrorizado olhando para a estreita abertura da nossa porta. Ele bateu a porta rapidamente, trancou-a e tudo ficou em silêncio. Holmes puxou-me pela manga e descemos silenciosamente a escada.

– Voltarei à noite – ele disse à mulher ansiosa. – Acho que nós podemos analisar melhor o caso em nossos aposentos, Watson.

– Minha suposição, como você viu, estava correta – disse Holmes, sentado em sua poltrona. Houve uma substituição de inquilinos. O que não previ, Watson, era que encontraríamos uma mulher, e não se trata de uma mulher comum.

– Ela nos viu.

– Bem, ela viu algo que a assustou. Isto é evidente. A sequência geral dos acontecimentos está bastante clara, não? Um casal procura refúgio em Londres por causa de um perigo terrível e iminente. O tamanho desse perigo pode ser medido pelo rigor das precauções. O homem, que tem um trabalho qualquer a fazer, precisa deixar a mulher em absoluta segurança enquanto ele age. Não é um problema fácil, mas ele resolveu de forma original e de maneira tão eficaz que nem a dona da pensão, que lhe leva as refeições, sabe de sua presença. Os bilhetes, em letra de forma, são uma maneira de evitar que descobrissem o sexo dela pela caligrafia. O homem não pode aproximar-se da mulher; do contrário levará até ela os inimigos. Como não pode comunicar-se diretamente com ela, recorreu à seção de anúncios de um jornal. Até aqui, está tudo muito claro.

– Mas qual o motivo disso tudo?

– Ah, sim, Watson, extremamente prático, como sempre! Qual o motivo disso tudo? O extravagante problema da Sra. Warren aumenta um pouco e assume um aspecto ainda mais sinistro quando continuamos. Até aqui podemos dizer o seguinte: esta não é uma fuga comum de amor. Você viu o rosto da mulher ao sinal de perigo. Ficamos sabendo, também, que o ataque ao marido da Sra. Warren sem dúvida nenhuma era dirigido ao inquilino. Estes alarmes e a desesperada necessidade de segredo, tudo indica ser um caso de vida ou morte. O ataque ao Sr. Warren mostra ainda que o inimigo, quem quer que seja, também não está a par da substituição do inquilino. Muito interessante e complexo, Watson.

– Por que você continua? O que tem a ganhar com isso?

– Sim, o quê? É pelo amor à arte, Watson. Acho que você, quando se formou em medicina, muitas vezes cuidou de doenças sem pensar em pagamento, não?

– Enriquecimento de meus conhecimentos, Holmes.

– Essa formação não acaba nunca, Watson. É uma sequência de lições, a seguinte ainda mais interessante. Aqui nós temos um caso instrutivo. Não há nem dinheiro nem mérito nele, mas mesmo assim a gente quer esclarecê-lo. Quando anoitecer, estaremos num estágio mais avançado de nossas investigações.

Quando retornamos à casa da sra. Warren, a tristeza da noite de inverno de Londres se transformara numa espessa neblina cinza, envolvendo tudo na monotonia de sua cor, quebrada somente pelos retângulos amarelos e vivos das janelas iluminadas. Olhando pela janela, já dentro da casa, vimos uma luz mais tênue brilhando no alto, na escuridão da noite.

– Alguém está andando no quarto – sussurrou Holmes, com o rosto atento e magro encostado na vidraça. Sim, estou vendo a sombra dele. Lá está ele de novo! Tem uma vela na mão. Está olhando para fora, agora. Quer ter a certeza de que ela está atenta. Começou a sinalizar agora. Pegue a mensagem você também, Watson, e poderemos conferir um com o outro. Apenas um sinal... isso é a letra A, com toda a certeza. Olha lá, de novo. Quantos você contou? 20. Eu também. Isso deve ser um T. Significa AT. Bastante compreensível. Outro T. Certamente é o começo da segunda palavra. Agora... *tenta. ponto.* Será que é tudo, Watson? *attenta* não significa nada, nem se dividíssemos em três palavras – *at ten ta,* a menos que *TA* sejam iniciais de um nome. Lá está ele de novo! O que é isso? *atte...* ora, é a mesma palavra de novo. Curioso, Watson, muito curioso! Recomeçou! *at...* ora, repetindo pela terceira vez! *attenta* três vezes. Quantas vezes vai repetir? Não, parece que terminou. Ele saiu da janela. O que você acha, Watson?

– Uma mensagem em código, Holmes.

De repente meu companheiro soltou uma risada de compreensão.

– E não é um código difícil, Watson. Claro, é em italiano. O *A* significa que é dirigido a uma mulher. "Cuidado", "Cuidado","Cuidado". E então, Watson?

– Acho que você acertou.

– Sem dúvida. Uma mensagem muito urgente, repetida três vezes para enfatizar isso. Mas, cuidado com o quê? Espere um pouco, ele está voltando à janela.

Vimos de novo a silhueta do homem agachado e o movimento da pequena luz pela janela, quando recomeçou com os sinais. Foram mais rápidos do que antes, tão rápidos que era difícil acompanhá-los.

– *Pericolo... pericolo...* hein? o que é, Watson? Perigo, não? Sim, por Deus, é um sinal de perigo. Lá vai de novo. Peri... ora, que diabo...

A luz sumiu de repente, a figura desapareceu da janela e o terceiro andar formava um quadro escuro, no alto do prédio, em comparação com as vidraças iluminadas. O último sinal de aviso fora cortado de repente. Como e por quem? O mesmo pensamento ocorreu a nós dois.

Holmes levantou-se de um pulo do lugar onde estava agachado, perto da janela.

– Isto é grave, Watson – ele exclamou. – Há alguma crueldade acontecendo por lá. Por que essa mensagem pararia assim? Tenho que pôr a Scotland Yard neste caso... e mesmo assim, é muito urgente para que o abandonemos...

– Devo chamar a polícia?

– Precisamos definir um pouco melhor a situação. Pode ter uma interpretação mais inocente. Vamos, Watson, vamos agir e ver o que podemos fazer.

Enquanto seguíamos rapidamente pela Howe Street, olhei para a casa de onde acabáramos de sair. E lá, destacada na janela superior, pude ver a sombra de uma cabeça, cabeça de mulher, perscrutando, tensa e rígida, a noite lá fora, esperando com ansiedade o reinício da mensagem interrompida.

Um homem, agasalhado com um cachecol e um sobretudo, estava encostado à porta do prédio de apartamentos.

– Holmes! – ele exclamou assim que aparecemos.

– Ora, Gregson! – respondeu meu amigo, apertando a mão do detetive da Scotland Yard. – Os amantes sempre se encontram no fim da viagem. O que faz aqui?

– Espero que sejam os mesmos motivos que o trazem – disse Gregson. – Não imagino como você entrou neste caso.

– Fios diferentes, mas que levam à mesma meada. Estive observando os sinais.

– Sinais?

– Sim, daquela janela. Foram interrompidos. Viemos ver o motivo. Mas já que o caso está em suas mãos, eu não vejo motivo para continuar.

– Espere um pouco! – exclamou Gregson, ansioso. – Vou ser honesto com o senhor, pois nunca estive num caso em que não me sentisse mais seguro tendo-o ao meu lado. Existe apenas uma saída destes apartamentos, portanto nós o pegamos.

– Quem é ele?

– Bem, bem, passamos na sua frente pelo menos uma vez, Sr. Holmes. Deve considerar-nos melhor, desta feita.

Dizendo isso, bateu firme com a bengala no chão, e no mesmo instante um cocheiro saltou da carruagem estacionada do outro lado da rua, com um chicote na mão, e aproximou-se de nós.

– Deixe-me apresentá-lo ao Sr. Sherlock Holmes – disse Gregson ao cocheiro. – Este é o Sr. Leverton, da Agência AmericanaPinkerton.

– O herói do mistério da caverna de Long Island? – perguntou Holmes – Prazer em conhece-lo, senhor.

O americano, um jovem tranquilo, com ar eficiente, rosto comprido e bem barbeado, ficou vermelho com o elogio.

– Estou no maior caso de minha vida agora, Sr. Holmes. Se eu puder pegar Gorgiano...

– O quê? Gorgiano do Círculo Vermelho?

– Oh, então ele já tem fama na Europa, não? Bem, sabemos tudo a respeito dele na América. Sabemos que está metido em cinquenta assassinatos, e mesmo assim ainda não temos nada concreto para pegá-lo. Estou na pista dele desde Nova York e faz uma semana que estou de olho nele aqui em Londres, esperando uma desculpa para pôr as mãos nele. O Sr. Gregson e eu o seguimos até aqui e, como só há uma porta, ele não conseguirá escapar. Três pessoas já saíram dali desde que ele entrou, mas tenho certeza de que ele não era nenhuma delas.

– O Sr. Holmes falou a respeito de sinais – disse Gregson. – Espero que ele saiba, como sempre, muitas coisas que ignoramos.

Holmes explicou, em poucas palavras, como nós víamos a situação. O americano bateu as mãos, desapontado.

– Ele está sabendo de nós! – exclamou.

– Por que diz isso?

– Bem, dá essa impressão, não? Ele está lá, enviando mensagens a um cúmplice – e há vários de sua quadrilha em Londres.Então, de repente, como diz, quando ele estava avisando que havia perigo, a mensagem foi interrompida. O que significa isso a não ser que ele nos viu na rua, da janela onde estava, ou então percebeu de algum modo que o perigo estava perto e que devia agir rapidamente para evitá-lo? O que o senhor sugere, Sr. Holmes?

– Vamos subir imediatamente e ver o que aconteceu.

– Mas não temos um mandado de prisão contra ele.

– Ele está num apartamento vazio, em circunstâncias suspeitas – disse Gregson. – Por ora, isso nos basta. Depois que o pegarmos, vamos ver se Nova York não pode nos ajudar a mantê-lo preso. Eu assumo a responsabilidade por sua prisão agora.

Nossos policiais podem não primar pela inteligência, mas sempre são corajosos. Gregson subiu as escadas para prender o assassino temível com a mesma calma fria e profissional com que teria subido as escadas da Scotland Yard. O detetive da Pinkerton tentou ir na frente, mas Gregson o manteve firmemente atrás, usando o cotovelo. Os perigos de Londres eram privilégio da polícia londrina.

A porta do apartamento da esquerda, no terceiro andar, estava meio aberta. Gregson a escancarou. Dentro, tudo era silêncio e escuridão. Risquei um fósforo e acendi o lampião do detetive. Quando a chama firmou-se, todos nós soltamos uma exclamação de surpresa. No chão havia uma marca recente de sangue. As pegadas vermelhas apontavam na nossa direção e conduziam a um outro quarto, cuja porta estava fechada. Gregson a arrombou e ergueu o lampião para iluminar bem o ambiente, enquanto nós espiávamos ansiosos por cima dos seus ombros.

No chão, no meio do quarto vazio, estava a forma encolhida de um homem enorme, rosto barbeado e moreno, horrivelmente grotesco em sua contorção, a cabeça cercada por um halo sinistro de sangue, em meio a uma poça no chão branco.

Estava com os joelhos encolhidos, as mãos abertas em agonia e, no meio de sua garganta, larga e morena, projetava-se o cabo de um punhal enterrado na carne. Grande como era, o homem deve ter caído como um touro abatido com um golpe terrível. Ao lado de sua mão direita estava uma adaga de dois gumes, cabo de chifre, e perto dela uma luva de pelica preta.

– Meu Deus, é Gorgiano, o Negro! – exclamou o detetive americano. – Alguém o pegou antes de nós.

– Aqui está a vela na janela, Sr. Holmes – disse Gregson. – Mas o que está fazendo?

Holmes tinha se adiantado, acendera a vela e a estava passando de um lado a outro da janela. Depois espiou para fora, soprou a vela e a jogou no chão.

– Creio que vai nos ajudar – ele disse.

Aproximou-se e ficou pensativo, enquanto os dois profissionais examinavam o corpo.

– O senhor disse que três pessoas saíram do prédio enquanto estava lá embaixo – disse, finalmente. – O senhor as observou de perto?

– Sim, sim.

– Havia um sujeito de uns 30 anos, barba preta, estatura mediana?

– Sim, foi o último a passar por mim.

– Esse é o seu homem, eu acho. Posso dar-lhe sua descrição e, além do mais, temos uma excelente impressão de suas pegadas. Isso deve ser o suficiente para o senhor.

– Nem tanto, Sr. Holmes, entre as milhões de pessoas em Londres.

– Talvez não. Por isso achei melhor chamar esta senhora para ajudá-lo.

Ouvindo estas palavras, nós nos viramos. Uma mulher, bonita e alta, estava à porta – a misteriosa inquilina de Bloomsbury. Ela avançou devagar, o rosto pálido e apreensivo, os olhos fixos na figura negra no chão.

– Vocês o mataram! – murmurou. – Oh, Dio mio, vocês o mataram!...

Então, ela deu um suspiro profundo e saiu pulando com um grito de alegria. Dançou em volta do quarto, batendo as mãos, os olhos escuros brilhando de contentamento, e uma torrente de exclamações em italiano jorrando dos seus lábios. Era terrível e ao mesmo tempo espantoso ver a mulher tão alegre com uma visão daquelas. Ela parou de repente e olhou para nós com um ar interrogativo.

– Mas, vocês... são policiais, não? Vocês mataram Giuseppe Gorgiano, não foi?

– Somos da polícia, madame.

Ela olhou em volta, para os cantos escuros do quarto.

– Mas, então... onde está Gennaro? – perguntou. – É meu marido, Gennaro Lucca. Eu me chamo Emília Lucca, e viemos de Nova York. Onde está Gennaro? Há pouco ele me chamou desta janela e eu vim o mais depressa que pude.

– Eu a chamei – disse Sherlock.

– O senhor? Como?

– Seu código não era difícil, senhora. Desejávamos sua presença aqui, e eu sabia que bastava enviar o sinal de "Vieni" e a senhora apareceria com toda a certeza.

A bela italiana olhou com espanto para o meu amigo.

– Não entendo como o senhor sabe essas coisas – disse ela. – Giuseppe Gorgiano, como foi que ele...

Ela parou, e então seu rosto se iluminou de alegria e orgulho.

– Agora estou entendendo! Meu Gennaro! Meu belo e esplêndido Gennaro, que me protegeu de todo o mal – ele fez isso, com sua própria mão forte ele matou o monstro! Oh, Gennaro, maravilhoso Gennaro! Que mulher pode ser digna de um homem assim?

– Bem, senhora Lucca – disse o prosaico Gregson, pondo a mão na manga da mulher tão friamente como se ela fosse uma desocupada de Notting

Hill – ainda não sei o que a senhora é nem quem é, mas já disse o suficiente para que a levemos até a Scotland Yard.

– Um momento, Gregson – disse Holmes. – Eu acho que esta senhora deve estar tão ansiosa para nos dar informações quanto nós para ouvi-las. A senhora sabe, madame, que seu marido será preso e julgado pelo assassinato deste homem aqui? O que disser pode ser usado contra vocês. Mas se acha que seu marido agiu por motivos que não são criminosos, e que ele quer que saibamos, então o melhor que a senhora pode fazer para ajudá-lo será contar-nos a história.

– Agora que Gorgiano está morto, nada mais nos assusta – ela disse. – Ele era um demônio e um monstro, e não existe um juiz em todo o mundo que puniria meu marido por tê-lo matado.

– Neste caso – disse Holmes – sugiro que fechemos esta porta, deixemos tudo do modo como encontramos, e vamos até o quarto desta mulher a fim de tirarmos nossa conclusão depois de ouvirmos tudo o que ela tem a nos dizer.

Meia hora depois nós estávamos sentados na apertada sala da *Signora* Lucca, ouvindo a impressionante narrativa dos acontecimentos sinistros, cujo final nós testemunhamos por acaso. Falava um inglês rápido e fluente, mas não muito correto, e que, em nome da clareza, eu vou corrigir.

– Nasci em Posilippo, perto de Nápoles – disse ela – e meu pai chamava-se Augusto Barelli, decano dos advogados e, nessa ocasião, deputado daquela região. Gennaro era empregado de meu pai e eu me apaixonei por ele, como se apaixonaria qualquer outra mulher. Ele não tinha dinheiro nem posição – nada, a não ser beleza, força e energia – de modo que meu pai se opôs ao nosso casamento. Fugimos, nos casamos em Bari e eu vendi minhas joias para arranjar o dinheiro que nos levaria para os Estados Unidos. Isto aconteceu há quatro anos, e desde então sempre vivemos em Nova York.

– No início tivemos muita sorte. Uma vez Gennaro prestou um favor a um senhor italiano – ele o livrou de alguns malfeitores num lugar chamado Bowery, conseguindo, assim, um amigo poderoso. Esse senhor era Tito Castalotte, sócio majoritário da grande firma Castalotte e Zamba, principais importadores de frutas de Nova York. O Signor Zamba é paralítico, e nosso novo amigo, Castalotte, tinha amplos poderes na firma, que empregava mais de trezentas pessoas. Levou meu marido para trabalhar com ele, fez dele chefe de um departamento e mostrou-lhe sua boa vontade em todos os sentidos. O Signor Castalotte era um solteirão e eu acho que considerava Gennaro seu próprio filho, e nós, eu e meu marido, gostávamos dele como se fosse nosso pai. Havíamos alugado e mobiliado uma casinha no Brooklyn e nosso futuro parecia garantido quando apareceu aquela nuvem negra que, em breve, iria escurecer nosso céu.

– Uma noite, ao voltar do trabalho, Gennaro trouxe um compatriota com ele. Chamava-se Gorgiano e também viera de Posilippo. Era um homem enorme, como vocês mesmos viram pelo cadáver. Ele era enorme não apenas no tamanho, mas tudo nele era grotesco, gigantesco, aterrorizante. A voz parecia um trovão dentro de nossa casa pequena. Mal havia espaço para seus braços e gestos enormes quando falava. Tudo nele era exagerado e monstruoso, suas ideias, emoções e paixões. Ele falava, ou melhor, rugia, com tamanha energia que as outras pessoas só conseguiam ficar sentadas ouvindo, amedrontadas diante daquela poderosa torrente de palavras. Os olhos fixavam-se como fogo numa pessoa e a dominavam. Era um homem terrível e extraordinário ao mesmo tempo. Graças a Deus, está morto! Ele voltou muitas vezes à nossa casa. Mas eu percebia que Gennaro ficava infeliz na presença dele, assim como eu. Meu pobre marido ficava sentado, pálido e quieto, ouvindo infindáveis discursos sobre questões políticas e sociais, o prato favorito de nosso visitante. Gennaro não dizia nada, mas eu, que o conhecia bem, via angústia em seu rosto, coisa que nunca vira antes. No início achei que se tratava de aversão. Mas, pouco a pouco, compreendi que era algo mais do que isso. Era medo – um medo profundo, secreto, imenso. Naquela noite – na noite em que percebi o medo dele – eu o abracei e implorei, pelo amor que tinha por mim e por tudo o que lhe era caro, que não me escondesse nada e me dissesse por que razão aquele homem imenso tinha tanto domínio sobre ele. Gennaro me contou e meu coração ficou gelado enquanto eu ouvia. Meu pobre Gennaro, na sua juventude livre e ousada, quando o mundo inteiro parecia estar contra ele, e quase enlouqueceu por causa das injustiças da vida, ele se filiara a uma sociedade napolitana, o Círculo Vermelho, aliada dos antigos Carbonários. Os juramentos e segredos dessa irmandade eram terríveis, mas, depois de entrar, não era mais possível escapar. Quando nós fugimos para a América, Gennaro pensou que tinha se livrado dela para sempre. Imagine o seu horror, certa noite, ao encontrar-se na rua com o homem que o iniciara em Nápoles, o gigante Gorgiano, um homem que recebera o apelido de "Morte", no sul da Itália, porque tinha tantas mortes nas costas! Ele fora para Nova York fugindo da polícia italiana, e já havia instalado uma filial da terrível sociedade no novo país. Gennaro contou-me tudo isso e mostrou-me uma carta, que recebera naquele dia, com um círculo vermelho desenhado no alto, informando que haveria uma reunião num determinado dia e que a presença dele não era apenas solicitada, mas exigida mesmo.

– Isso já era bastante ruim, mas o pior ainda estava por vir. Eu tinha notado que, quando Gorgiano vinha à nossa casa, o que ele fazia com frequência, à noite, conversava muito comigo; e mesmo quando suas palavras eram dirigidas a Gennaro, seus olhos terríveis, brilhantes e selvagens estavam sempre fixos em mim.

– Uma noite, ele se revelou. Eu havia despertado nele aquilo que ele chamava de "amor" – amor de um selvagem, de um bruto. Gennaro ainda não tinha chegado quando ele entrou. Avançou e me enlaçou nos braços fortes, apertou-me como um urso, me cobriu de beijos e me implorou para ir com ele. Eu estava lutando e gritando quando Gennaro entrou e o atacou. Gorgiano o deixou sem sentidos e fugiu dali, e nunca mais voltou. Naquela noite havíamos feito um inimigo mortal.

– Alguns dias depois houve a reunião. Gennaro voltou com uma expressão que me dizia que algo terrível tinha acontecido. Era pior do que podíamos imaginar. Os fundos da sociedade eram obtidos por meio de chantagem contra italianos ricos, e ameaças de violência, se eles se recusassem a dar dinheiro. Castalotte, nosso benfeitor e amigo, fora abordado e se recusara a se submeter às ameaças, levando tudo ao conhecimento das autoridades. Decidiram, então, que ele teria de ser transformado num exemplo para evitar que outros também se rebelassem. Na reunião ficou decidido que ele e a casa deveriam ir pelos ares, com uso de dinamite. Houve sorteio para ver quem executaria o plano. Gennaro viu o rosto cruel do nosso inimigo sorrindo para ele quando enfiou a mão no vaso, na hora do sorteio. Não há dúvida de que a coisa tinha sido, de algum modo, preparada antes, porque o disco fatal, com o círculo vermelho, saiu na sua mão – o mandado do crime. Ele tinha de matar seu melhor amigo, ou então ficaria exposto, e eu também, à vingança de seus camaradas. Fazia parte daquele sistema infernal punir aqueles que eles temiam ou odiavam, não só as próprias pessoas como também suas famílias; sabendo disso, Gennaro ficou quase louco de apreensão. Durante aquela noite inteira ficamos sentados, abraçados, cada um dando força ao outro para enfrentar as dificuldades que tínhamos pela frente.

– O atentado deveria ocorrer na noite seguinte. Ao meio-dia, eu e meu marido estávamos a caminho de Londres, não sem antes avisar nosso benfeitor do perigo, e também deixando informações à polícia para proteger a vida dele no futuro.

– O resto os senhores já sabem. Tínhamos certeza de que nossos inimigos ficariam atrás de nós como sombras. Gorgiano tinha motivos pessoais para a vingança, mas, de qualquer modo, sabíamos como ele poderia ser impiedoso, esperto e incansável. Tanto a Itália como a América estão repletas de histórias de seu terrível poder. Se ele tivesse de colocá-lo em ação, seria agora.

– Meu marido deu um jeito de me arranjar um esconderijo nos poucos dias que tínhamos de vantagem na fuga, a fim de que eu não ficasse exposta a nenhum perigo. Ele, por sua vez, queria estar livre para entrar em contato tanto com a polícia italiana como a americana. Eu mesma não sei onde ele morava, nem como. Tudo o que sabia era através das páginas de um jornal. Uma vez, ao olhar pela janela, vi dois italianos vigiando a casa e soube que Gorgiano, de alguma forma, descobrira nosso esconderijo. Finalmente Gennaro me falou, pelo jornal, que enviaria sinais de uma determinada janela; mas quando esses sinais vieram, nada mais eram do que avisos de alerta, subitamente interrompidos. Agora está claro para mim que Gennaro sabia que Gorgiano estava por perto e, graças a Deus, meu marido estava preparado quando o outro chegou. E agora, senhores, eu lhes pergunto se temos algo a temer da lei, ou se algum juiz no mundo iria condenar meu marido pelo que ele fez.

– Bem, Sr. Gregson – disse o americano encarando o policial –, eu não sei qual o ponto de vista da lei britânica a respeito disso, mas creio que em Nova York o marido desta senhora vai receber um voto de agradecimento geral.

– Ela terá de vir comigo e falar com o chefe – respondeu Gregson. – Se o que disse for comprovado, creio que ela e o marido não têm muito a temer. Mas o que não entendo, Sr. Holmes, é como diabo o senhor entrou nesta história.

– Cultura, Gregson, cultura. Ainda procurando conhecimento na velha universidade. Bem, Watson, aí você tem mais um exemplo do trágico e do grotesco para acrescentar à sua coleção. A propósito, ainda não são oito horas, e esta noite tocam Wagner no Covent Garden! Se nós nos apressarmos, ainda poderemos pegar o segundo ato.